Sonya
ソーニャ文庫

妖精王は愛を喰らう

月城うさぎ

イースト・プレス

contents

プロローグ

「誰か、いないの……？」

シャルロッテ・オルブライトは深い森の中をひとりでさまよっていた。

周囲は鳥の鳴き声すら聞こえず、生き物の気配がしない。聞こえてくるのは風に揺れて木々がざわめく音と、枯《か》れ枝を踏みしめる己の足音だけ。

立ち止まり、空を仰《あお》ぐ。木々の隙間から見えていた空は少し前まで青かったのに、今はもう茜《あかね》色に変化してきている。夕暮れが近い。肌を撫《な》でる空気も冷えてきた。

――みんなどこに消えちゃったの。ここはどこなのかしら……。

身体が震える。歩くたびにドレスの裾《すそ》に枝が引っ掛かり、手足には無数の切り傷ができていた。

身に着けているのは、森の中を散策するには不似合いなドレスだ。純白のドレスの胸元には繊細な刺繍《ししゅう》が施され、高価な宝石も縫い付けられている。その装いは一国の王女が輿《こし》入《い》れするに相応しいものだったが、今はところどころに穴が開き、泥もついていた。

踵《かかと》の高い靴《くつ》も森の中を歩くには不向きで、踵が土にめり込むし、歩くたびに鈍い痛みが走る。靴擦れを起こしているらしい。

人の気配を感じられない森の中で、シャーリーことシャルロッテは途方に暮れた。

「やっぱり誰もいないわ……」

先ほどまで馬車に乗り、嫁ぎ先の隣国に向かっていた。この森を抜けた先の国境まで自国の騎士が同行し、隣国の迎えの馬車に乗るはずだった。日が暮れるまでに送り届けられる予定だったが、馬車はゆっくりと減速し森の中で止まってしまった。

なにか不都合が起きたのかと、外の同行者に声をかけたが、返答が得られない。恐る恐る馬車を降りると、あたりは霧に包まれていた。同行していた騎士の姿は見当たらず、馬車を引いていた馬まで消えている。

忽然《こつぜん》と、人も馬も消えてしまった。こんなことがあるだろうか。

ひとり残されたシャーリーは、助けを求めて森の中を歩く羽目になったのだが、もはや自分がどこにいるのかもわからない。

「霧が濃くなってきたわ……どうしよう」

このままでは夜が来てしまう。

人の気配はしないのに、霧の中から無数の視線を感じる。獣《けもの》とも違う、奇妙で不快な視線だ。まるでどこかへ連れ去られるか、あるいは食われてしまうのではないかという危機感がわいてきた。

目の前の木々の間を抜けると、サアッと霧が晴れた。ぽっかりと開けた場所に、ブルーベルの花が咲いている。青い釣り鐘《がね》の形をした花はオルブライトの国花だ。朝露に濡れたように瑞々《みずみず》しく、ほんのりと光っていた。

「綺麗……」

こんなにもたくさんのブルーベルが咲いているのは見たことがない。幻想的な光景にしばし見惚れていると、誰かが近づいてくる足音が聞こえてきた。

警戒心を抱きながら振り返る。

「……私？」

視線の先には、自分とそっくりの少女が立っていた。その姿はまるで鏡を見ているかのようで、視えない鏡があるのではと目を凝《こ》らす。

——違う、鏡じゃない。

侍女が結ってくれた髪型も髪飾りも、輿入れのために特別に用意されたドレスも靴もすべて同じ。けれど、瞳の色が違うし、ドレスについてしまった汚れや傷がない。

「誰……？」

幻覚でも見ているのだろうか。もしくは夢の中をさまよっているのだろうか。

目の前の女性は口角を上げて微笑んでいる。

シャーリーと同じ声で、偽物が囁《ささや》いた。

「……ようこそ、花嫁様」

女性に手首をグイッと引っ張られ、シャーリーの身体は傾いた。視界がぶれて、激しい眩暈《めまい》に襲われる。

瞼《まぶた》を閉じる前に見えた光景は、シャーリーそっくりの女性が颯爽《さっそう》と歩き去る後ろ姿。彼女の周囲だけ霧が晴れていて、城から乗ってきた馬車が忽然と現れた。

——どこに行くの、あなたは誰なの？

彼女が馬車で走り去ると、濃い霧が視界を白く染める。その白さに呑まれるように、シャーリーの意識はぷつりと途切れた。

第一章

「う……ん……」

　まどろみの中からゆっくりと意識が浮上する。

　重い瞼を押し上げると、そこは見慣れた場所だった。

「……あれ？　ここは中庭の、四阿《あずまや》？」

　王城の中庭に建てられた四阿はシャーリーのお気に入りの場所だ。ほとんど誰も立ち寄らず、シャーリーが唯一自由に出入りができる場所でもある。

　六角形の四阿は、寛《くつろ》げるようにふかふかのクッションが敷かれており、常に清潔に保たれている。どうやら自分は背もたれ用のクッションを枕にしてうたた寝をしていたようだ。

「いつの間にか眠ってしまったのね……。でも私、なにをしていたんだっけ」

　身体を起こし、周囲を見回す。いつも傍にいる侍女を捜すが見当たらない。それどころか人の気配が一切しない。一歩自室を出れば、常に監視の目があったのに、このような静けさは逆に奇妙だ。

まどろむ前になにがあったのか、夢を思い出すように違和感を手繰り寄せた。

今着用しているドレスは間違いなく、来《きた》るべき日のために用意されていた婚礼のドレスだ。そして裾には無数の細かい穴が開き、ところどころ泥で汚れている。

――ここはどこだろう。

一瞬で警戒心が高まる。無防備に眠っていた能天気さに呆れてしまいそうだ。

四阿を一歩出ると、そこはやはりよく見慣れている王城の中庭にしか見えなかった。木々も花もまったく同じ。いや、城で見ていた植物よりも色つやがよく、生命力が感じられる気がする。

太陽が傾き始め、空が茜色に染まり始める。夕暮れはもうすぐ訪れるだろう。夜になるまでに誰かに会わなくては。

「どういうことなの……？　馬車に乗せられて城に戻ってきた……とは思えない。誰もいない場所に寝かせられていることも不自然だもの」

隣国の第二王子のもとへ嫁ぐはずだった。馬車に乗っていたこと自体が夢であるなら、ドレスの汚れの説明がつかない。

なにかとても奇妙な現象に巻き込まれている。衝動的に走り出しそうになったが、すぐに足を止めた。

――ダメ、発作《ほっさ》が起きてしまうわ。

シャーリーは幼い頃から身体が弱く、走っただけで呼吸が苦しくなるのだ。

身体に染み付いた癖《くせ》でつい胸を押さえたが、深く呼吸をしても苦しくないどころか、いつも纏《まと》わりついていた倦怠感《けんたいかん》が消えていた。

「どういうこと？　身体がいつもより軽いわ……」

眩暈も怠《だる》さも感じない。これほど不調を感じないのはいつ以来だろう。

もしかして、まだ夢の中なのか。いや、どこまでが夢だったのだろうか。森の中でさまよっていたことのほうが現実味がないし、隣国に向かうのはこれからなのかもしれない。

わからないことばかりだ。ひとまず人を捜そうと中庭を歩いていると、庭師が丹精《たんせい》込めて手入れをしていた薔薇《ばら》のアーチにたどり着いた。

瑞々しい薔薇の花から濃密な香りが漂ってくる。枯れた花びらは一枚も見当たらない。美しく咲く色とりどりの薔薇に目を奪われながら歩いていると、アーチを抜けた先にひとりの男が立っていた。

──誰？

銀色に薄い緑を溶かした髪は、風に吹かれて柔らかく踊《おど》っている。男の目は黄緑と金が混じった色をしていた。

──私と同じ色だわ。はじめて会った。

珍しい目の色をした人が自分以外にもいたことに驚くのと同時に、親近感を抱く。

目の覚めるような美貌と神々しさを感じさせる高貴な風格。自然と頭《こうべ》を垂《た》れたくなるような威厳すら感じ、シャーリーの足はその場に縫い付けられた。

だが、男はシャーリーの心情など気にせず、まっすぐ見つめてくる。

作り物めいた美貌の男が、薄く口を開いた。

「……お前がロッティか」

男が聞き慣れない名前を呼んだ。

低く艶《つや》のある美声がとろりと鼓膜《こまく》を震わせ、シャーリーの思考をしばし奪う。

――待って、何故この人が私の幼少期の愛称を知ってるの？

男は佇まいだけでなく、歩く姿すら優美だった。風が運んでくる香りは薔薇だけではなく男のものも混じっているのだろう。視線を逸《そ》らさずまっすぐ歩く姿は優雅な獣にも見え、本能的に後ずさりたくなった。

シャーリーは返事もできずに黙り込む。

近づいてきた男は、シャーリーから数歩離れたところで足を止めた。その目がほんのりと淡く光ったような気がした。

「……不味《まず》い」

「……え？」

言われた意味がわからず、つい聞き返す。男は口に手を当て、眉間に深い皺《しわ》を刻んでい

る。

「なんだその様《ざま》は。年頃の娘になればもっと味に深みが生まれ、俺好みにうまくなっているだろうと楽しみにしていたのに。とんだ見当外れだったな」

「あの……」

――一体なにを言っているのかしら。

どうも一方的に批判されているようだ。言われている本人はまるで意味がわからないが、いい気分ではない。

「……失礼ですが、あなたはどなたでしょうか」

眉間に寄った皺が人間らしさを出している。だが纏わりつく気配が刺々しくなった。機嫌を損ねたらなにをされるかわからない恐怖がわいてくる。

初対面のはずだ。こんな印象的な男を忘れるはずがない。

「俺が誰かわからないだと？　ふざけているのか」

男は眉を吊り上げ不満を露《あら》わにする。

「そんなつもりは……」

「俺は妖精王だ。お前は俺の花嫁としてこの城に招かれた」

「よ、妖精王……？　私が花嫁？　待ってください、なにを仰っているのか……そもそもここはあなたの城なんですか」

「そうだ」

肯定されても信じられない。

オルブライトの城とまったく同じ造りの城があるだなんて聞いたことがない。まるでおとぎ話の世界に迷い込んでしまったようだ。

「嘘よ……こんなにそっくりだなんて」

自分の目で確認がしたい。

シャーリーは妖精王と名乗った男に背を向けて走りだした。

自室を見れば自分の私物があるはずだ。それがないのであれば、この城はオルブライトの城ではないと信じざるを得ない。

全力で走るなど子供の頃以来だった。体力がないため、すぐに息が上がってしまう。

それでもシャーリーはなんとか離宮にたどり着き、見慣れた部屋の扉を開いた。

ここは十数年、ずっと幽閉同然に過ごしてきた自分の部屋だ。シャーリーは幼い頃から家族とは離れ離れで離宮の一室で暮らしてきた。

二度とこの場所には戻らないつもりで隣国に向かったのに……まさかこんなに早く戻ってくることになろうとは。

「鍵が開いてる……」

施錠《せじょう》されていないなんて考えられない。やはり自分の部屋ではないのだろうか。

荒い呼吸を整えながら、中を見回す。見慣れた部屋とそっくりの室内は、家具や内装にいたるまですべてが同じように見える。

天蓋《てんがい》付きの寝台、長椅子、文机など必要最低限の家具は、長年自分が使っていたものと同じだ。

怪訝《けげん》に思いながら、シャーリーは机の引き出しを開けた。嫁ぎ先の隣国の王子と、顔合わせはできずとも半年ほど前から文のやり取りをしていたのだ。互いに当たり障りのない内容しか書いていなかったが、シャーリーは自分自身の言葉で文を綴《つづ》っていた。

その手紙の束を引き出しに納めていたのだが、中にはなにも入っていなかった。

――違う、手紙の束は昨日私物の鞄に入れて馬車にあるのだった。引き出しは空にしていたわ。

部屋をまたぐるりと見回す。シャーリーはそこでようやく、自室との違いに気が付いた。

「窓……」

この部屋の窓には鉄格子が嵌《は》められていない。鏡台の鏡も撤去《てっきょ》されておらず、本来の役割を果たしている。

――信じられないけれど、私の部屋ではないわ。ほとんど同じに見えるのに違う……。

シャーリーは、奇妙に思いながらも、ここが自分の生まれ育った城ではないのだと納得した。

むき出しの窓をそっと開けると、外から清涼《せいりょう》な風が入ってきた。この部屋から見える景色も見慣れたものなのに、開放感が違う。制限の多かった環境の不自由さに慣れてしまっていたけれど、やはり窮屈に思っていたらしい。

「気が済んだようだな」

背後から声がかけられた。両腕を組み、扉に背を預けた状態で妖精王が立っている。黙って見つめられるだけで震えが走った。

この城が別物だと理解できても、この状況に順応できているわけではない。だが妖精王は、いまだ困惑のただ中にいるシャーリーの手首をぐいっと掴んだ。

「ついて来い」

「え？」

行く先を言わず、シャーリーは妖精王に手を引かれる。彼との歩幅が違いすぎるため、小走りをしなければならない。ドレスが重く、布地が脚に纏わりつく。

——はぁ、待って、もう少し、ゆっくり……。

だんだんと息が上がり、待ってほしいと抗議する声を出すのも辛くなる。

「脆弱《ぜいじゃく》だな」

妖精王は立ち止まり、しかめ面をすると、シャーリーを抱き上げた。慣れない浮遊感と目線の高さに、またぶるりと震える。

「っ！　あの……」

「うるさい、大人しくしてろ」

「……っ」

横暴だ。他者に命じ慣れているのがわかる尊大な口調。妖精王というものがまだ理解できていないが、この城の城主であることは確かだろう。

——ここは本当に妖精が住む世界なの？　つまりこの人は妖精を束ねる王様？

妖精なんて見たことがない。もし傍にいたら寂しい幼少期を過ごさずに済んだだろうか。

他国ではおとぎ話の中の存在として知られているが、オルブライトでは少々違う。国民は妖精の存在を信じ、彼らを〝良き隣人〟と呼んでいる。だが、実際に国民の目に妖精が視えているのかはわからない。

——私は、妖精の世界に連れ去られてしまったの？　あのブルーベルが咲く森の中で。

青と霧がゆらりと揺れる幻想的な光景は美しかったが少し怖さもあった。妖精の世界への入口だと言われても納得がいく。

このまま見知らぬ場所へ連行されてしまうのだろうか。

シャーリーが力いっぱい抵抗しても、非力な女の力では逞《たくま》しい腕を撥ねのけることはできない。

できるのは妖精王の機嫌を損ねないようにすることだけだ。シャーリーの身の安全はまだ保証されているわけではない。

――今は抵抗しないほうがいいわ、きっと。

視線だけで妖精王を見上げた。

度を越した美しさとは、時に暴力的であるのだと知る。精悍《せいかん》さと優美さが混じりあった完璧な美貌は、筆舌《ひつぜつ》に尽くしがたい。

くっきり吊り上げられた眉に少し垂れた眦《まなじり》、スッとした鼻梁《びりょう》に薄い唇。すべてが左右対称の完璧な美を誇っている。

髪色と同色の睫毛《まつげ》がふるりと震えるのがわかるほどの距離にいると、自然と呼吸を止めてしまいそうな威圧感を覚えた。見つめられるだけで心の奥まで暴かれてしまいそうだ。

妖精王は小さく鼻を鳴らした。

「血の匂いがするな」

シャーリーが疑問を抱くよりも先に妖精王がシャーリーの足の怪我に気づいた。森の中を歩き回り、靴擦れを起こしていたのだ。

彼は片手でシャーリーを抱き直すと、反対の手で器用に靴を脱がせ、背後にポンッとそれを投げ捨ててしまう。

「あ……っ！」

「これでもう歩けないな」

——大人しくしてるのに……。

シャーリーが逃げると思っているのだろうか。

それにしても、妖精王は随分と嗅覚がいいらしい。

確かに、合わない靴を長時間履いていたため血が滲んでいた。できることなら脱ぎたかったのが本音だ。

彼は、靴を投げっぱなしにしたまま、すたすたと歩いてゆく。捨てられた靴は後で誰かに回収されるのだろうか。

そのとき、ぐらりと重心が傾いた。

「きゃっ」

シャーリーは思わず妖精王の肩に縋《すが》りつく。

「そのまま摑まっていろ」

妖精王はまっすぐ前を見つめたまま命じた。その美麗な横顔に一瞬視線を奪われたが、すぐに逸らす。

たどり着いた場所は城の敷地内にある聖堂だ。

シャーリーは足を踏み入れたことがないが、オルブライトの城では、王族の式典はこの聖堂で行われる。

これからなにが始まるのだろう。

緊張感と恐怖心で、鼓動が速まる。

「なにをするのですか」

「ここで婚姻の儀を執り行う」

「それは、どなたの……」

妖精王はシャーリーの問いに答えることなく歩みを進めた。二人が聖堂の前まで来ると、扉が両側に開く。

聖堂内は天井が高く、よく声が反響する。色鮮やかなガラスが繊細な模様を作り、日の光に当たると幻想的に輝いて見えた。

左右の座席には人が隙間なく座っている。いや、人に見えるが、人と呼べるのかはわからない。

この場に集まった列席者は、人とは思えぬ美しさを持つものばかりだった。

――この方たちも妖精……？

色鮮やかな衣装は奇抜なものが多い。頭には動植物を模した被り物をつけていた。性別もわかりにくく中性的な容姿をしている。

シャーリーは城から出たことがないため流行に疎《うと》いが、それでもこの場にいる彼らの衣装がオルブライトの流行だとは到底思えない。唇も紅ではなく、青や黄色など変わった色を塗っていた。一体なにからその色を抽出しているのだろう。

本能的に、彼らが人間ではないのだと理解する。独特な気配を纏う彼らの美しさが恐ろしい。人と感性が違うのは明らかだった。

妖精王が聖堂内の身廊《しんろう》を堂々と歩く。シャーリーはできる限り身体を縮こませた。

【花嫁様だわ】

【まあ、可愛らしい】

ひそひそとした囁きが聞こえてくる。その声は小さくひそめられているのに、不思議なほど耳によく響く。

シャーリーを抱えて歩く妖精王は、周囲の囁きなど気にしていないようだ。

【なんて綺麗な御髪《おぐし》。蜂蜜《はちみつ》色だわ】

【なんて綺麗な目の色。王様と同じ、花嫁様の色だわ】

【なんて小さな足。血の匂いがするわ。どこか怪我をしているのね】

【まあかわいそう、かわいそう】

【――でもとっても、おいしそう】

好意的な意見が飛び交う中、異様な囁きも混じっている。好奇の視線が肌に刺さり、ぞわりと産毛が総毛立つ。けれど、怯《おび》えているなんて思われたくなくて、息をひそめることしかできない。

――国に伝わる妖精と少し印象が違う……。

オルブライトの妖精信仰で伝えられている妖精たちは、心優しい良き隣人。国に妖精がいるおかげで、自然豊かで肥沃《ひよく》な土地に恵まれているのだと言われている。

しかし美しく煌《きら》びやかな妖精の本質は、本当は恐ろしいものなのかもしれない。囁きも視線も異様なものに感じられて、気配を消すように呼吸する。

聖堂の奥の祭壇にたどり着くと、妖精王がシャーリーに声をかけた。

「これを持ち上げろ」

銀で作られたゴブレットがひとつ置かれている。中には透明な液体が入っていた。

得体の知れないものは口にしたくないが、言う通りにしないと周囲の目が怖い。シャーリーは命じられた通り、重みのあるゴブレットを手に取った。花の蜜のような甘い香りが漂う。わずかに酒精《しゅせい》の匂いも感じられた。

妖精王を仰ぎ見ると、彼は簡潔に命じる。

「飲ませろ」

「え？」

「見ての通り俺は手が使えない」

――それは私を抱き上げているからでは……。

床に下ろせばいいのにと思うけれど、そうするとシャーリーの足が汚れてしまう。そこまで考えて下ろさないのだろうか。

だが、妖精たちの視線を感じたまま抵抗などできるはずもない。シャーリーはゆっくりとゴブレットの縁《ふち》を妖精王の口元にあてた。

慎重に飲ませ、彼が嚥下《えんげ》したのを確認するとゴブレットを口元から離す。しかしすぐにもう一度飲ませろと催促《さいそく》される。

一口では足りなかったのだろうか。これが妖精にとってなんの意味があるのかわからないまま、シャーリーは再度言われた通りにする。

だが妖精王はそれを飲み込むことはなく、抱きかかえていたシャーリーを素早く祭壇の上に座らせると、抵抗する間も与えず、強引に唇を合わせた。

「——っ！」

顎《あご》に指をかけられて、口を開くよう促《うなが》された。わずかな隙間から、ゴブレットに入っていた液体を口移しで飲まされる。

——なに……！

困惑が襲う。驚きすぎて目も開けたままだ。生ぬるい液体はほんのり甘くて、果実酒のようだった。

シャーリーが飲み込むまで妖精王は唇を離そうとしない。強情に抵抗していたら、痺《しび》れを切らした妖精王がシャーリーの口内に舌を差し込んできた。

「ン……ッ！」

唾液が溢れ、果実酒と混ざりあう。飲み込むまで彼の口づけは止まらないのだと悟《さと》り、しばらくの抵抗の後、ごくりと飲み込んだ。

羞恥《しゅうち》と困惑と恐怖がせめぎ合う。

いきなり唇を奪われたことを王女として怒るべきだろうが、腹立たしい気持ちはわいてこず、未知の体験はただただシャーリーの思考を奪った。

「やはり不味いな」

視線が合わさった直後、苦いものを口にしたかのように妖精王が呟いた。

――はじめて飲んだけど、私には甘く感じたわ。

ほのかな甘みがあり不味いとは思わない。妖精王は甘いものが嫌いなのだろうか。

「婚礼の儀は以上だ」

妖精王はシャーリーの手の中にあったゴブレットを抜き取った。コトン、と祭壇に置き、ふたたび彼女を抱き上げる。

【おめでとうございます、妖精王】

来た道を戻るときは、着席していた列席者が一斉に立ち上がり頭を垂れた。コツコツと靴音を鳴らし、妖精王は身廊を歩く。

――一体、なんだったの？

碌《ろく》な説明もなく、シャーリーはただ巻き込まれただけ。あげく人前で舌を差し込まれるような口づけをされて、心のもやもやが収まらない。

【花嫁様はなんて愛らしい】

【妖精王の妃に相応しい】

帰りも同じく称賛の言葉を浴びながら、シャーリーは身体を小さくして妖精王の腕の中でじっとしていることしかできずにいた。

❀　❀　❀

オルブライト王国は豊かな自然に恵まれた小さな国だ。標高の高い山や森が多く、質のいい鉱石が豊富に採《と》れる。

建国は八百年以上も前に遡《さかのぼ》る。

王家に伝わる歴史書には、建国に携《たずさ》わった者として、初代国王ともうひとり、妖精王の存在が記されていた。

オルブライトの安定した気候や豊かな自然は、妖精がもたらす恩恵であり、上質な鉱山から得られる鉱石も妖精の加護によってもたらされるものと信じられていた。国では年に一度、自然の恵みを祝う夏至《げし》祭が開催される。

国民の間では、妖精は良き隣人であると語り継がれているが、時代を経《へ》るにつれて、オルブライトの王家は妖精を畏怖するようになっていった。理由は王家に伝わる妖精との約束にある。

妖精王は数代に一度、王家の娘を花嫁に迎えると言われている。花嫁は、妖精色と呼ばれる黄緑に金の虹彩《こうさい》を持っているのだという。

過去の文献によると、その特徴を持った娘は幼少期に妖精王に攫《さら》われるか、年頃になったら妖精王に差し出さなければいけない。

今まで王家の姫と妖精が入れ替わることもあったらしい。王家には妖精の血が少なからず流れているのだと言われていた。

その過去を知るのは国王夫妻と大臣のみ。シャーリーは王家に妖精の血が流れている可能性を知らずに生きていた。


聖堂を出た後、妖精王はシャーリーを抱きかかえたまま城の一室に入った。

床は透明なガラスが敷かれており、その下には色鮮やかな魚が悠々と泳いでいる。一体どのような造りになっているのかわからないが、床の一部は水槽のような仕組みになっているらしい。

天井は二階の高さまで吹き抜けになっていて開放的だ。大きな窓からは日の光が柔らかく差し込み、清涼な風が入ってくる。

シャーリーが動ける範囲は制限されていたし、ほとんど離宮から出られなかったから、オルブライトの城にもこのような部屋があるかどうかはわからない。

——ここは妖精王の私室かしら。

部屋の奥には夜空色の天鵞絨《ビロード》の長椅子と、天蓋付きの寝台がある。

シャーリーは長椅子の上に下ろされた。

至近距離で見つめあう状態からようやく解放され、ほっと息を吐く。身体の強張りも少しずつほぐれていった。

しかし睨《にら》まれている気がして、妖精王と視線を合わせにくい。目が合っても、すぐにサッと逸らしてしまう。

「ここは、あなたのお部屋ですか？」

「そうだ。今日からお前の部屋でもある」

「私の？」

——同じ部屋を使うということ？

思わず視線を合わせると、鋭い眼光に射貫かれそうになる。妖精色と呼ばれる黄緑に金の虹彩が、視線が交わった瞬間、淡く光ったように見えた。

——まただわ。やっぱり気のせいじゃない。

ぞわりとした震えが背筋を駆《か》ける。シャーリーが抱いた感情は怯えだ。

「……薄いし苦い、クソ不味いな。花嫁になったからには俺好みの味になるよう努力しろ」

「……は？」

これで三回目だ。初対面の男から「不味い」と侮辱《ぶじょく》されたのは。

さすがに何度も言われれば、自分のなにかについて言っているのだとわかる。一体なにが不味いと言っているのかはわからないが、彼の口に合わなかったのは確かだろう。

――この人、失礼なのではないかしら。

花嫁であることだって承諾した覚えはない。勝手に婚姻の儀に巻き込まれ、自分の花嫁だと言われても心が追いつかない。

花嫁は妖精王の食事なのだろうか？　しかし今の一瞬でなにをしたのかもさっぱりわからない。

心の中でもやもやした気持ちをため込んでいると、妖精王はシャーリーの顎を指に乗せ、摑んだ。

「おい、俺は人形と結婚したつもりはないぞ」

「……っ」

「怒れ、笑え。悔《くや》しいなら、少しは言い返してみたらどうだ？」

不遜《ふそん》な笑顔で至近距離から見下ろされる。薄く口を開くが、反論の言葉は出てこなかった。

人形と言われて悔しいが、その通りかもしれないと思ったからだ。

──だって私の価値はこの目だけだもの。

妖精色を持って生まれたから離宮に幽閉されていた。

妖精色を持っているから、隣国から縁談が舞い込んできた。

珍しい妖精色を持つ娘は幸運を呼び寄せると言い伝えられている。それを聞いたアウディトレア王国が、自国のさらなる発展のためにシャーリーとの縁談を望んだのだ。

オルブライトの国王は嬉々としてその申し出を受け入れた。シャーリーは決定事項として、輿入れ先を告げられた。

侍女たちの会話から、オルブライトの鉱山は、数十年前から鉱石が採れなくなってきており、国力が弱くなっているのを知っていた。

このまま国が衰退《すいたい》すれば周辺国と不利な同盟を結ばなければいけなくなるし、攻め入られる可能性も出てくるだろう。だから、大国アウディトレアの申し出に食いついた。二国が婚姻で結びつけば、アウディトレアを敵に回したくない国はオルブライトに簡単には手出しできない。また、幽閉同然だったシャーリーを厄介《やっかい》払いできる。この縁談で、シャーリーにはじめて利用価値が生まれたのだ。

──誰も私と目を合わせてくれなかった。お父様もお母様も。今日だって別れの挨拶《あいさつ》すらさせてもらえなかった。

家族からの愛情を受けられなかった自分が、大国の王子のもとでまともにやっていけるのだろうか。望まれて嫁ぐならひどい扱いはされないと信じたいが、第二王子もシャーリーの目を不気味に感じるかもしれないと不安を抱いていた。

だからこうして妖精王に目を合わされて、思ったことをぶつけられると戸惑いが強い。シャーリーの周囲にいた人間は、誰も本心を語らなかったからだ。

言いたいことはある気がするが、長い間誰とも交流せずに暮らしていたため、自分の気持ちをうまくとらえられない
「――つまらん。喜びも怒りも忘れ、泣くこともせず、ただ怯えを隠そうとする。人形のままでいたいなら、すべての世話を俺に任せてみるか？　それはそれで面白いかもしれん」

真意がわからない、からかいとも思えない問いかけだ。

妖精王の片手がシャーリーに伸び、腕を掴もうとする。

人形同然に世話をされるだなんて、一体どういうことだろう。

どこからどこまでを想定しているのかもわからず、シャーリーはとっさに両腕を突っぱって拒絶を示した。

「……ほう、逆らうか」

「──っ！」

今まで、誰かに逆らうことなどなかった。すべてを受け入れて生きてきたのに、こんなふうに反抗的な態度をとるなんて……自分自身に驚く。

混乱がさらなる混乱を招き、頭がうまく働かない。

──もう意味がわからないわ。

人を不味いと言う理由も、一方的な要求も、妖精王と婚姻したという事実も。

考えることを放棄《ほうき》したい。シャーリーは長椅子から立ち上がり、裸足のまま部屋の扉へ駆け寄った。施錠がされていない扉は難なく開く。重いドレスが邪魔だが、少しでも妖精王から離れたい一心で城内を駆けて、適当に見つけた扉を開いた。

「……っ、はぁ……はぁ……」

今は少しでもひとりになりたくて、妖精王の部屋から逃げてしまった。入った部屋は空き部屋だろうか。きちんと掃除が行き届いているようだが、誰かが使っている気配はない。部屋の中央に寝台と文机があるだけの簡素な部屋だ。

──なにもない部屋がかえって落ち着くわ。

豪奢なものに囲まれることも慣れていない。今まで必要最低限の生活用品しか与えられず、年頃の少女らしいものや、花すら禁じられていた。

「……逃げてきちゃった。一度も逃げたことなんてなかったのに」

　これまで心に蓋《ふた》をして命じられるまま生きてきたのに、一体自分はどうしてしまったのだろう。

「でも、私は悪いことはしてないわ。勝手なことを言ってきたのはあの人よ」

　思い返すと腹の底がぐつぐつと煮えてくる。

　今まで怒りという感情を抱くことすら忘れていたが、この湧き上がる不愉快な気分は確実に怒りが混ざっている。

　初対面の女性に対する態度ではない。たとえ人間の常識が通用しないとしても、侮辱もいいところだ。

「人形同然のように扱われるなんて嫌よ。なにをされるかわからないわ」

　すべての世話を焼かれたら、食事や湯浴《ゆあ》みも満足にできないかもしれない。まるで幼い子供のように扱われたらと思うとゾッとする。

　しばらく気持ちが落ち着くまでこの場でじっとしていよう。そう思い、椅子に腰かけようとしたところで遠くから足音が聞こえてきた。

　――嘘、もしかしてあの人が捜しに来た？

　顔を合わせたくない。一方的に不愉快な言葉を投げつけられるのは気分が悪い。

　シャーリーはとっさに部屋を見回し、入ってきたのとは別の扉を見つけた。中は衣装部屋らしい。衣装が吊るせるようになっている。

扉を閉めてしまうと中は暗い。だが暗いほうが思考はうまくまとまる気がした。ドレスが汚れることも気にせず、シャーリーはその場に座り込んだ。

外から近づく足音はまっすぐこの部屋を目指している。扉が開く音がした。ゆっくりと室内を歩いて、止まる。シャーリーの心臓はドキドキとうるさい。緊張が高まっていく。

――どうしよう……もし知らない妖精か人が来たら？

相手が友好的なのかもわからない。この城の者たちが危害をくわえてこないという確証もないのだ。聖堂での妖精の異様な空気は、シャーリーに緊張感を与えるものだった。妖精は綺麗で可愛らしいだけの存在ではないらしい。

足音が衣装部屋の前で止まる。施錠されていない扉は簡単に開かれるだろう。

だが外の人物は、シャーリーの予想に反して扉の外から声をかけた。

「ロッティ、出てこい。お前が人形ではないと言うなら、お前の意志で出てこい」

「――っ！」

捜しに来たのは妖精王だった。

放っておけばいいものを、わざわざ捜しに来るなんて真意がわからない。

――意地悪だわ。

人形でない証明をするために、自分から外に出てこいと命じるだなんて。無理やり部屋に押し入り、また連れ去ればいいではないか。

ここでシャーリーが意地を張り、閉じこもっていたら自分は人形だと認めることになる。それはとても癪《しゃく》に思えた。

——でも、すぐに降伏するのは嫌だわ。

シャーリーは聞こえなかったふりをした。

ひとりでじっとしていることには慣れている。部屋の中は暗いが、暗いところは苦手ではない。妖精王も、いつまでも扉の外で待つほど暇ではないだろう。しばらくすればきっと飽きて去るはずだ。

シャーリーはそのまま床の上に横たわった。硬くて冷たい床の上はお世辞にも寝心地がいいとは言えない。

だが、朝早くから身支度をさせられて、身体は休息を求めている。

——ひと眠りしよう……。

起きたらきっと妖精王はいない。怒って部屋に戻っているはずだ。

それでいい、しばらく放っておいてほしい。シャーリーは考えることを放棄して、そのままストンと眠りに落ちた。

目が覚めると、まだ衣装部屋の中だった。窓がないためどれくらい時間が経ったのかわからない。身体を起こすと背中がやや痛む。ふくらはぎが重くて怠い。疲労は若干回復しているが、代わりに身体の痛みを感じた。

——どれくらい寝てたんだろう。そんなに長くないと思うけど……。

いくら疲れていたとはいえ、床の上で長時間は寝られない。背中を反らし、肩を回す。脚をもみほぐして、ゆっくりと立ち上がった。手探りで壁を触りながら扉のほうへ向かい、そっと扉に耳を当てる。

——誰かがいる気配は……わからないわ。妖精王の声はしないけど。

扉を開けて確認するべきだろうか。それとも、もう少し注意深く外の音を拾うべきか。

しばらく扉に耳を当てていたが、なにも様子はわからない。誰もいないと判断し、シャーリーは扉の取っ手を摑み、ゆっくりと押し開いた。

キイ……と音が鳴る。誰もいないことを願って、顔の半分が出せるほど扉を開いた。だがその瞬間、シャーリーの死角から扉の隙間にぬっと手が差し込まれた。シャーリーの頭の上で、誰かが扉を摑んでいる。その人物はひとりしかいない。

「お前が人形でいたいというのがよくわかった」

「——ッ！」

不機嫌さを隠さない妖精王の声が低く響いた。

誰もいないと思っていたが、ずっと部屋の前で立っていたらしい。一体どれほど待っていたのだろう。

シャーリーは思わず後ずさった。手が取っ手から離れた瞬間、妖精王に扉を開かれる。

「ならば俺も人形としてお前を扱ってやろう。食事、湯浴み、排せつ、就寝。すべて俺が世話をしてやる。まずはそうだな……、人間は、長時間身体の老廃物を出さないのは健康に悪いんだったか。ならば不浄場が先だな。その次に湯浴み、食事か」

恐ろしいことを言いながら、妖精王はシャーリーの手首を掴んだ。あっ、と抵抗する間も与えず、シャーリーを肩に担ぐ。

「――や、嫌です……！」

「人形が喚《わめ》くな」

すたすたと歩きながら連れて行かれるのが不浄場だと思うと、背筋に冷や汗が流れる。排せつ行為を見られるのは絶対に嫌だ。シャーリーは力いっぱい抵抗した。

「……ろして、下ろしてくださいっ」

「聞こえんな。言いたいことがあるならはっきり言え。嫌なら死ぬ気で抵抗しろ」

「――っ！」

手足をじたばたとさせ、シャーリーは重いドレスを蹴りながら力の限り叫ぶ。

「っ、私は、人形じゃないわ……！」

自分でも驚くほどの大きな声が出た。妖精王の足が止まる。

その声が引き金となり、委縮《いしゅく》して言うことができなかった本心が次々と声になって溢れてくる。

「あなた、私のこと不味いとか、味が薄いとか、失礼だわ！　いろいろ、非常識よ」

「はあ？　人間の常識など知るか。俺は思ったことを言ったまでだ。なにが悪い」

「なにが悪いって……、だって、私なんの説明も受けてないし、あなたのことも知らないし、知らない相手からいきなりそういうこと言われる筋合いはないわ。だから、だから謝ってください！」

勢いで謝罪を要求したが、すぐに後悔が押し寄せる。そんなことを言ったのははじめてだ。不愉快な気分にさせられたのはこちらだが、そこまで言うべきではなかったのではと気持ちが萎《しぼ》みそうになる。

妖精王がシャーリーを床に下ろした。ぐわん、と頭がくらりとする。眩暈がするのを堪えて、シャーリーは妖精王と目を合わせた。するとまた彼の目が淡く光った。瞬きほどの短い時間だが、今度はもう見間違いではない。

「――ふん、多少はマシになったな。怒りの味は辛味が混ざるのか。だが最後に怯えが入り苦味が増したな。どちらにせよまだ薄いが、最初の頃よりはまだマシだ」

「な――っ」

やはり異種間交流は難しいのかもしれない。会話が嚙み合わない。

「ちゃんと、説明してください。なんなんですか、何度も何度も。私はあなたの食糧なんですか？」

「そうだ。お前は俺の食糧だ。妖精は人間の感情を喰らう。妖精王が喰らうのは花嫁の感情だ。ちゃんと旨味《うまみ》のある感情を俺に提供しろ」

「感情……？　じゃあ、私の感情がなくなっちゃうんですか？」

「そうはならん。なにも悪影響はない。心から抜け出た感情を喰っているだけだからな」

鼻を指でつままれる。まるで幼子をからかうような仕草をされ、あっけにとられた。

「面白い顔だな」とからかいを含んだ声まで落ちてきて、シャーリーの顔に熱が集まる。

「あ……あなた、本当に失礼ですっ」

弱々しくもはっきりと非難する。

だが目の前の男は態度を改めるつもりも謝罪するつもりもないらしい。シャーリーの腰に腕を回し、ふたたび肩に担ぎ上げた。

「きゃあっ」

不安定な体勢は腹に負荷がかかって苦しい。頭に血が上る。

「うるさい、耳元で叫ぶな」

「きゃっ！」

パンッ、とドレスの上から尻を叩かれた。たっぷりとパニエが入っているから痛みはさほどないとはいえ、王女であるシャーリーは今までこのような扱いをされたことがない。

羞恥と悔しさと怒りと、複雑な感情がこみ上げる。嫌みのひとつぐらい言ってやりたい。だが妖精王に「舌を噛みたくなければ黙ってろ」と命じられ、ぐっと言葉を呑み込んだ。肩に担がれたまま、シャーリーは先ほどまでいた妖精王の部屋に連れ戻された。

——頭に血が上ってくらくらする。

体力の限界を感じたところで、先ほど座らされていた長椅子にふたたび下ろされた。横になれるのはよかったが、頭のふらつきと気持ち悪さのせいで落ち着かない。

「やはり脆弱だな」

悪びれる様子もなく言い放つ妖精王へ抗議するのも億劫《おっくう》だ。シャーリーは言葉を呑み込み、眩暈を落ち着かせる。

そのとき、ふいに別の人物の声がした。

「王様、そのような態度ですと嫌われますわよ。花嫁様には優しく接してくださいませ」

——どなた？

鈴を転がすような可愛らしい声だ。シャーリーと同年齢、いやもっと幼いかもしれない。

目を開けると、妖精王の傍に十歳ほどの少女がいた。

真紅の髪を顎の位置で切りそろえ、頭には赤い薔薇の髪飾りをつけている。こげ茶色のお仕着せはスカートが薔薇の花びらを重ねたかのよう。城内で働いている侍女なのだろうか。

——こんな幼い少女まで働いているの？　この子も妖精？

シャーリーの視線に気づくと、少女はにっこりと微笑んだ。

「花嫁様、ご気分はいかがですか？　お茶の準備が整っておりますわ。その前にお召し物を替えましょう。そのままのドレスではお寛ぎできませんものね」

「……ありがとう。あの、あなたは？」

ゆっくりと上体を起こす。気持ち悪さは落ち着いたので、着替えることもできそうだ。

「わたくしはイヴリンと申します。これから花嫁様のお世話をさせていただきますわ。どうぞなんなりとお申しつけください」

赤みを帯びた瞳は生命力の溢れる輝きをしており、髪と同色の睫毛はくるんと長い。うっすら色づく口唇や白くて丸い頬《ほほ》も人形のように愛らしい。

イヴリンは透明なガラスの水差しを持っていた。よく見ると薄紅色の薔薇の花びらが浮かんでいる。

「よろしければお水を一杯どうぞ」

水を注いだグラスを手渡された。一口飲むと、喉の渇きに気づき、あっという間に飲み干してしまう。

「もう一杯いかがですか？」

「ありがとう」

ほんのりと甘みのある水は薔薇の香りがする。二杯飲み干すと頭もすっきりしてきた。

「おいしかったわ」

「それはよかったですわ。さあ、こちらのドレスをご用意いたしましたの。お召し替えのお手伝いをさせていただきます」

渡されたのは手触りのいいドレスだ。締め付けが少なく、胸下のリボンで調整ができるようになっている。シャーリーの髪色と同じ、淡い蜂蜜色のそれは驚くほど軽い。

――オルブライトのドレスとは全然違うわ。軽くて柔らかい手触り……着心地がよさそう。

シャーリーの纏う白いドレスは婚姻用に用意されたものだ。重くて動きにくく、体力を奪う。もちろん、ひとりでは着られない。

イヴリンからの申し出をありがたく受け、着替える場所を探す。しかし視線を遮るものがほとんどない室内では着替えられる場所がない。

シャーリーの躊躇《ためら》いを正しく理解したイヴリンは、長椅子の正面の椅子に脚を組んで座っている主に扉を指し示した。

「王様、しばらく退室していてくださいませ」

「何故だ。ここは俺の部屋だぞ」

「花嫁様のお召し替えですのよ。殿方は外で待機していてくださいませ」

「構わん。いずれ全部見るんだ」

挑発的に笑って退室するそぶりもみせない。

シャーリーは絶句した。いずれ全部見るという直接的な言葉が生々しく響く。

――食糧目的で私を娶《めと》ったのなら、感情以外には興味がないんじゃないの？

男女の営みを匂わせられて言葉が出てこない。感情を喰らうだけでなく、肉体も喰われるのだろうか。その行為がどのようなものなのか想像もしたくない。

シャーリーの反応を楽しんでいるのが伝わってくる。人が嫌がることを好むだなんてひどい男だと詰《なじ》りたくなる。

妖精王の視線に耐えきれず、シャーリーは目線のみでイヴリンに助けを求めた。

「……衝立《ついたて》をお持ちしますわ。少々お待ちくださいませね」

イヴリンが呆れた視線を妖精王に向けた。その表情は外見年齢とそぐわない気がする。まだ十歳ほどに見えるが、実年齢は違うのだろうか。

居たたまれない気持ちのままイヴリンを待ち、シャーリーは、彼女が持ってきた衝立の裏で手早く着替えを済ませた。ドレスを着替え終わるとようやくお茶にありつける。

香り豊かなハーブティーが透明なガラスのカップに注がれ、その香りを堪能するだけで癒《い》やされる。

「おいしい……」

「花嫁様のために調合したハーブティーですわ」

一緒に出された焼き菓子は形が不揃いで歪《いびつ》だが、焼き加減がちょうどよかった。しかし甘みが強い。ひとつ齧《かじ》るだけでも満足感を得られる。

喉も潤《うるお》い、腹も満たされ、ようやく人心地ついた気がした。

――これからどうなるのかしら……まだ知らないことが多すぎるわ。

自分の状況がどうなっているのかも気になる。元々は隣国に行く途中、森の中で馬車が止まり散策する羽目になったのだ。

「……私はアウディトレア王国に向かうためオルブライトの西の森にいました。でも馬車が止まり護衛の騎士も消えて、森では私そっくりの女性が現れた。今あちらはどういう状況ですか？　もしかして、彼女が私の代わりにアウディトレアの王子のもとに嫁いだのですか？」

「察しがいいな。その通りだ」

妖精王は長い脚を組みかえ、肘掛けに肘を立てて、気だるげな表情で見つめてくる。

スッと目を細めると垂れ気味の目尻がさらに下がった。目を縁取る睫毛が妖精王の耽美《たんび》な美貌をより強調している。口角はきゅっと上がっているが目の奥の鋭さは消えていない。笑みを浮かべても酷薄そうな表情に見えた。

どうやらシャーリーを注意深く観察しているらしい。味も吟味《ぎんみ》しているのだろうか。

見つめられるだけで心の奥まで見透かされそうで落ち着かない。

「私の身代わりをされている方は、ずっとそのままシャルロッテ・オルブライトとして生きていくのですか？」

「さあな。花嫁ごっこをどれくらい続けるかは本人次第だ。時機を見て適当に死んだことにしてこちらの世界に戻ってくるかもしれない。アウディトレアが気に入ればそのまま人間ごっこを楽しむだろう。子でも成せばアウディトレアとも繋がりが生まれる。妖精の移住地を増やすのは悪くない考えだ」

「人間と妖精の間に子供はできるのですか」

「可能性は低いができないとも言えない。子供の目はお前達の言う妖精色ではないがな。この色は妖精王とその花嫁にしか出ない」

——私とそっくりな妖精の目の色は、私と違っていたと思うけど。

目の色を変えることもできるのだろうか。だがそうでなくてはオルブライトの第一王女として嫁ぐことはできない。本当に容姿を変えているわけではなく、幻影でも見せているのかもしれない。

「その目を持った娘がオルブライトの王家に生まれたら、妖精王に渡すのが古からの約束だ。だが現国王はその約束を破り、勝手に妖精姫の噂を広げ、他国から援助を受けるためにお前を嫁がせようとした。俺の花嫁を俺に無断でアウディトレアにくれてやろうとしたのだ。オルブライトの罪は重い。裏切り行為の報《むく》いを受けさせねばならん」

——裏切り行為……。

さらりと言い放たれた内容はシャーリーの両親を批判するものだ。シャーリーは知らされていなかったが、国王夫妻は第一王女が妖精王の花嫁に選ばれているのを知っていた可能性が高い。妖精色の意味を知らないはずがないからだ。

——妖精王に嫁がせたくなくて、アウディトレアの申し出を受け入れた、というわけではないわ。お父様は大国との繋がりを優先させたかったのよ。

国力低下の要因は資源が枯渇《こかつ》し始めていることだけではない。父王の統治にも問題がある。

何百年もの間、他国との交流をほとんど絶ち、変わらないままでいようとしたため、周辺国と格差が生まれたのだ。貿易条約が結ばれる国々からオルブライトは取り残されていた。

不変であることを守り続けたために、時代に取り残され、衰退していく未来が見えていたのだろう。妖精との繋がりより、周辺国との格差を縮め、時代に適応することを選んだ結果、妖精色を持つ第一王女に付加価値をつけることにした。すなわち、妖精に愛されし娘は幸運を授けると言われている、と。

幸か不幸か、シャーリーの容姿は華やかで、華奢《きゃしゃ》な体躯《たいく》は儚《はかな》げに見えた。妖精姫と呼ばれるに相応しく、姿絵を見たアウディトレアの第二王子が気に入ったらしい。

シャーリーが許された自由は中庭の散歩だけ。一日の大半を鉄格子の嵌められた部屋で暮らしてきたため、シャーリー自身も他国への輿入れは嫌ではなかった。愛のある家庭を築けるとは思えないが、少なくとも幽閉されて自由が奪われることはなくなるだろうと。

――ずっと、『妖精に攫われないようにするため』という名目の幽閉だったわ。部屋に美しいものを置いてはいけない、花や植物を飾ってはいけない、宝石も身に着けてはいけない。それらは妖精が好むものだから……って。私はどれだけのものを諦めて生きてきたのだろう。

望めば手に入るものが今まであっただろうか。いつしか望みを口にすることすら諦めてしまって、妖精王が言うように人形のようだった。

「人間の世界に帰りたいか」

妖精王はシャーリーを意地悪く追い詰めようとする。先ほど、シャーリーの代わりに妖精がアウディトレアに嫁いだと話したばかりだ。それならばシャーリーの居場所なんて存在しない。

――私に選ばせるつもりなんだわ。

「私の身代わりになっている女性と入れ替えることはできますか？」

今ならまだ間に合うのではないか。こっそりと入れ替わってしまえばいい。

「できない。お前はもう俺の花嫁だ」

――っ、それなら選択肢がないじゃない。

シャーリーは項垂《うなだ》れながら、「私にはもう帰る場所がありません」と告げた。

自分の居場所がないというのは心細い。

「そうだ、お前の居場所はここで作るしかない。だが安心するがいい。お前の身代わりがアウディトレアでお前の代わりに生きている。人間界からシャルロッテが消えたわけではない。優しい計《はか》らいだろ？」

それは優しいの一言でくくられるものなのだろうか。シャーリーに安心感を与えるために身代わりが用意されたとは思えない。

――私にここで生きるしかないと覚悟を決めさせるためだわ。

「一から居場所を作るなら、ここもアウディトレアも同じじゃないか。しかし暮らしやすさはここことあちらでは比べものにならん。アウディトレアに妖精信仰はない。別の信仰を持つ人間が妖精を好意的に思うはずがない。数百年以上も他国に嫁がせたことがなかった姫を、幸運が舞い込む妖精姫と謳いよそにやるとはイカれた考えだが、アウディトレアもお前を歓迎している者ばかりではない。妖精と深い繋がりのある姫を気味悪がる者がいてもおかしくはない」

万が一、アウディトレアの望む幸運がいつまで経っても訪れなかったら。それもシャーリーの責任にされる可能性はあるだろう。

そこまで思い至り、ゾッとした。自分の存在が搾取されるだけのものに思えてくる。

不特定多数の人間と一から関係を築き上げなくてはいけないことを考えると、意地悪で不遜な妖精王のもとで静かに暮らすほうが自由度は高い。

――アウディトレアに嫁いでいたら、私が思い至らなかった気苦労が多そうだわ。ただでさえ健康な身体ではないのに。

満足に社交もできない王女など足手まといだ。自分自身の価値が妖精色の目だけだと改めて感じ、気分が沈み込む。

「……お前はすぐに言葉を呑み込むな。言いたいことははっきり言えと言ったはずだが」

「……特にありません。全部その通りだと思うから」

アウディトレアでは別の信仰があり、この大陸の過半数を占める人間がアウディトレアと同じ神を崇《あが》めている。他宗教の土地に行くだけでも大変な苦労を強いられたに違いない。

「ああ、そうだな。お前が頼れる者は俺だけだ。せいぜい媚《こ》びてみせろ。俺は美味い感情が喰いたい」

――結局私はこの人においしく食べられるために攫われたんだわ。

思い出すと、静まっていた感情が再燃する。やはりどう考えても理不尽だ。

「……でも、あなたは私の感情を食べなくても生きられるのでは？　妖精は人間の感情を食べないと死んでしまうわけではないのでしょう？　今まで生きてきたのですもの」

「死なぬな。喰わずとも生きられるが、常に空腹状態だ。今まで他で精気を吸い取り補ってきたが、花嫁の感情だけが妖精王の腹を満たす」

そう言いつつも、目の前の焼き菓子に手をつけているではないか……と指摘したいが、人間の食べ物ではお腹は満たされないのかもしれない。ではなんのために食べているのか不思議に思う。

「人間の食べ物では満たされないのですか」

「味はわかるが腹は膨《ふく》れぬし、栄養にもならん」

空になったカップにイヴリンが新しいハーブティーを注ぐ。先ほどとはまた違う香りがした。

爽やかな香りに勇気づけられて、シャーリーは怯えを隠して心のままを告げる。

「……私は、あなたの花嫁になりたくてなったわけではありません」

「俺の花嫁になるのは不服か」

地を這《は》うような、低く不機嫌な声が響いた。シャーリーの肩がびくりと震える。

妖精王は感情が豊かだ。無表情でいると芸術家が手掛けた美しい彫像にしか思えないが、その目や眉、口が彼の内面を雄弁に語る。

まっすぐに視線を向けられる。射貫くような強い眼差しが、シャーリーの心の奥まで見透かしてくる。

「言ってみろ。俺のなにが不満だ。お前が頼れる者は俺しかいない。それならば、俺を受け入れ、愛する努力をするべきだ。違うか」

強引で不遜で横暴だが、妖精を統《す》べる王ならばこれも当然の態度なのだろうか。

——確かに、ここで生きていくなら、私が頼れるのは妖精王しかいない。でも私が彼を愛せるかはわからないし、命令されても困るわ。

愛する努力をするべきなのかもしれないが、まだ心が追いついていないのだ。この日に出会ったばかりの相手を愛せと脅すのは横暴すぎる。

「私があなたを愛せるかどうかは、私にもまだわかりません。愛なんて出会ってすぐに芽生えるものではないでしょうし……」

正直シャーリーにも愛がどういうものなのかわからない。愛情を与えてくれるはずの両親から受け取った記憶がないからだ。

スッと片方の眉が上がった。奇妙なものを見たとでもいうように、その目はシャーリーの心を見透かそうとする。

苛立《いらだ》ちや腹立たしさの混ざりあった複雑な感情を推し量れるほど、シャーリーも成熟していない。妖精王とこれ以上進展のない口論をする気にもなれない。

身体が震えそうなほどの恐ろしさは感じていないが、度重なる緊張がシャーリーの疲労を蓄積させていた。気を抜くとすぐに意識を失ってしまいそうだった。

「ロッティ」

この愛称で呼ぶ理由も知らされていない。

――くすぐったいからやめてほしいけれど、前にも誰かにそう呼ばれていた気がする。

記憶にはない誰かから、親しみを込めたロッティという愛称で。

目を閉じればその相手がわかるような気がしたが、シャーリーの眼裏には暗い闇が浮かび上がるだけ。

――ダメだわ、もう……。

極度の眠気に襲われてシャーリーの瞼は落ちていく。

懐かしい愛称を呼んでくれた人物とは、夢の中でも会うことはなかった。

第二章

子供の頃のシャーリーは、熱を出して寝込むことがよくあった。

高熱が下がったある日のこと。シャーリーはひとりで部屋を抜け出し、両親に会いに行った。

『おとうさま、おかあさま！』

元気になった姿を見てもらいたくて二人に駆け寄った。回復したことを喜んでくれるものだと信じて。

だが振り返った二人の顔には、隠しきれない驚愕の表情が浮かんでいた。まるで不気味なものを見たかのように。

子供は親の心の機微《きび》に敏《さと》い。

いつもと違う二人の様子がシャーリーの足を止めさせた。

『……シャーリーか？』

『どうしたの、おとうさま？　みて、げんきになったのよ！』

抱きしめてもらおうと一歩進むと、王妃が無言で後ずさった。

その顔に浮かんでいたのは明らかな怯えだ。シャーリーは驚きすぎて、それ以上近づくことができなくなった。

『シャーリー、お前は今までどこにいた？　その目はどうした、何故色が変わっている？』

『めのいろ……？』

言っていることがわからない。

シャーリーは、生まれつき片目が青、もう片方は妖精色の黄緑に金の虹彩を持っていた。だが渡された鏡を覗き込むと、そこには両目とも妖精色をした自分が映っていた。

いつ色が変わったのだろう。シャーリーにだってよくわからない。

『お前は妖精に攫われたんだろう。四日も行方をくらましていたんだ。なにがあった？　なにをされた？』

問いかけはまるで尋問のようで、シャーリーの心を硬くさせていく。こんな怖い二人を見たのははじめてだった。

妖精に攫われたと言われても、シャーリーには記憶がない。熱で寝込んで元気になったが、その間になにがあったのか、思い出そうとしても覚えていない。

『わからない、ごめんなさい』

両親からのはじめての拒絶。王妃は目を合わせることすら怖がり、シャーリーにははっきりと『来ないで』と言った。

父王はそんな王妃を庇い、苦々しいものを見る目で見つめてくる。

——おとうさま、おかあさま……なんで？

元気になったのに。熱が下がったから会いに来たのに。

『……シャルロッテ。身体はまだ万全ではないだろう。しばらくゆっくり過ごしなさい』

労わるような声だったが、はっきりと追い払われたのがわかった。寂しさと悲しさがこみ上げて、シャーリーの目に大粒の雫《しずく》が浮かぶ。

これまでも交流は多くなかったが、ここまで拒絶されたことはなかった。

——なんでぇ？

奇妙なものを見る目で見ないで。不気味だと思わないで。

泣いても両親が来てくれることはなく、数日後、ひとり離宮へと移動させられた。

まだ五歳の少女には、家族と住んでいた居住区から離れた場所にひとりで住まわせられることが耐えられず、毎晩夜がくるたびに涙を流した。

——どうして？　ようせいにさらわれちゃうからって、ほんとうに？

王女付きだった侍女も全員解雇され、新たにつけられた侍女は事務的にしか接してくれない。

彼女たちは『姫様を守るためです』と言い、シャーリーが好きなものを遠ざける。

人形も、キラキラした石も、祖母から譲り受けたネックレスも。それらは妹姫に譲ることになった。鏡すら部屋に置くことを許されず、窓には鉄格子が嵌められた。

美しいもの、綺麗なものは妖精が好むから傍に置いてはいけない。花や植物も、妖精がよってくるという理由で、側に置くのを禁じられた。

だから簡素なドレスを身に纏い、与えられるのは書物のみだった。幸いにも大好きな絵本だけは取り上げられなかったので、シャーリーの心を慰《なぐさ》めてくれた。

シャーリーはいつしか諦めることに慣れてしまい、期待することを忘れてしまった。

❀　❀　❀

眦から雫が一滴零れ落ちる。

夢の中で感傷に浸ったからか、生理的なものなのかはわからないが、頬を伝う雫を感じ取るとシャーリーの意識がゆっくりと浮上した。

「……嫌な夢。もうすっかり忘れていたのに」

はじめて絶望を知った日の記憶など思い出したくもない。頬を伝う雫を指で拭《ぬぐ》い、小さくため息を吐いた。

「いつ寝ちゃったのかしら」

今が何時なのかもわからない。

寝かされていたのは妖精王の私室にあった天蓋付きの寝台だった。隣に妖精王の姿はない。そのことにほっと安堵の息を吐いた。

「お目覚めですか、花嫁様」

寝台の陰からイヴリンが現れる。

「イヴリン……ごめんなさい、いつの間にか寝ていたみたいで」

「お疲れだったのでしょう。喉は渇いていませんか？　お水をご用意しますね」

「ありがとう、いただくわ。……あの、私のことは花嫁様ではなくシャルロッテと呼んでほしいのだけど」

イヴリンが目を瞬いた。なにか意外なことを言ってしまったらしい。

「申し訳ありません。王様のお許しがない限り、お名前で呼ぶことは禁じられています。わたくしどもにとって、花嫁様は花嫁様なのですわ」

「名前で呼ぶことにも妖精王の許しが必要なの？」

「はい、王様は嫉妬深いのです」

にっこり微笑みながら、妖精王は嫉妬深いと言われ、シャーリーは曖昧《あいまい》な表情になった。

——彼と嫉妬がうまく結びつかないけれど……。妖精にとって、名前で呼ぶことになにか意味があるのかしら。

ふと、妖精王の名前を知らないことに気づいた。それに、シャーリー自身も、出会ってから一度も名乗っていない。

そもそも出会った時点で妖精王はシャーリーの愛称を知っていた。こちらがそう呼んでほしいとお願いしたわけでもないのに、ロッティと呼んでくる。逆に本名を知っているのか怪しくなってきた。

イヴリンが薔薇水をグラスに注ぐ。

ほどよく冷えた水はほのかに薔薇の香りが漂い、甘みもあっておいしい。これまでこんなおいしい水は飲んだことがないので、すぐに飲み干してしまう。

「ところで、妖精王のお名前を存じ上げていないのだけど」

「王様は王様ですわ。お名前は花嫁様が名付けるのが習《なら》わしですわ」

「どういうこと？」

「詳しいことは王様に。わたくしが余計なことを言ったら嫉妬されてしまいますもの」

よほど妖精王は嫉妬深いと思われているらしい。

「わたくしは薔薇の妖精なのですわ。花嫁様が薔薇をお嫌いでなくてよかったです」

確かにイヴリンは全身から薔薇の香りがしている。人間であればあと数年も経てば絶世の美女になるだろう。

「ちなみに、わたくしは妖精王より長く生きておりますので、子供ではありませんわ」

「まあ、そうなのね」

シャーリーの心の声が聞こえたのだろうか。妖精の生態はわからないが、人間の常識に当てはめても仕方ないだろうから、深く考えないことにする。

「もう少しお休みになられますか？」

「いいえ、もう大丈夫よ」

「それでしたら、朝食の前に湯浴みをなさいますか。お湯の準備は整っておりますわ」

「そうね。ありがとう」

イヴリンに促されるまま汗を流す。ゆったりとした岩風呂は広くて気持ちがいい。窓から清涼な風も入ってくる。

その後、ドレスに着替えて化粧を施された。ドレスはとても軽やかな生地で作られている。ここでのドレスは着心地がよい上に品を損ねないから窮屈に感じない。

「花嫁様はどんな色もお似合いになりますのね。今日は初々しさを表現しようと、春の妖精たちが献上したシャクヤクのドレスですわ。ネモフィラと迷いましたがそれはまた後日に」

イヴリンが早口で解説する。気になるところはあったが、シャーリーは口を出さずに大人しく飾り立てられていた。

白と薄桃色のグラデーション。腰で結ばれたリボンは幅が広く、薄い緑色が入っているため花の葉のようにも見える。もしくは妖精の翅《はね》のようだ。

支度が調うと、イヴリンが隣室へ誘《いざな》う。

「お食事の用意ができましたわ」

妖精王の私室に戻り、広い部屋に連れて行かれた。昨日は気づかなかったが、飴色に磨かれた一枚板の木のテーブルと、同じ木で作られた椅子が置かれている。

「人間の食事を作るのは百年ぶりだそうなので、お口に合わなかったら申し訳ありません。改善点を仰っていただければ食事係に伝えておきますわ」

「あなたたち妖精は、人間と同じ食事は食べないの？」

「そうですね、人間とは違う方法で栄養を摂《と》りますの。口に入れて食べる、ということもあまりいたしませんわ。王様以外の妖精には味覚というものが存在しないので、人間の食事を食べてもおいしいとは感じません」

聞けば聞くほど不思議だ。イヴリンは薔薇の妖精のため、薔薇から栄養を補給しているという。美しく瑞々しい薔薇の花がイヴリンの身体を健康に保っているのだ。

――でも百年ぶりということは、以前にも花嫁が来ていたのよね。オルブライトの王族から……つまり私のご先祖様が。

王家の姫君が妖精王の花嫁になったのは、自分で何人目なのだろう。彼女たちは一体どんな末路を辿ったのか。冷静に考える余裕ができると、次々と疑問が湧き起こる。

すると、食事を運んできたイヴリンの背後から、この部屋の主もやってきた。

肩にかかる程度の髪は緩やかな癖がついており、銀色に緑色が混じった髪は自然界を司る妖精王に相応しい色だ。鎖骨周りを露出させた服装は胸板がちらりと覗けそうで、シャーリーは思わず視線をさまよわせた。

しかし俯きそうになった顎をくいっと上げられ、無理やり妖精王と視線を合わせられる。一晩経ってもこの扱いは変わらないらしい。

「血色がよくなったな」

「……そうですか」

お礼を言うのもなにか違う気がすると思って無難に返したが、朝の挨拶をするべきだったか。

妖精王はシャーリーの頬を親指でスッと撫でてから、もうひとつの椅子に腰かけた。一体、今の仕草はなにを意味するのか。困惑するが、気にしても仕方ないことだ。

——気持ちが昂ったら感情が食べられちゃうもの。全部筒抜けだなんて嫌だわ。

冷静に、平常心を保つ。妖精王が挑発しても乗らないようにしよう。

籠に入ったパンは形が歪で、大小さまざまだが小麦のいい匂いがした。ひとつ手に取ると、パンには胡桃《くるみ》などの木の実が入っていた。

スープは野菜がきちんと煮込まれている。新鮮なフルーツは瑞々しくておいしい。

朝食には十分な量だ。スープは塩気が足りていなかったが、野菜の甘みが出ていて胃に優しい。

パンを一口ずつちぎって食べる。食感もよく、素材の味が感じられた。

「……おいしい」

妖精王がパンをひとつ手に取り、しげしげと眺めてからかぶりついた。

人間の世界よりもこちらのほうが植物が生き生きしているからだろうか。シャーリーがこれまで食べていたパンよりも小麦の味が濃いように感じた。

「こちらハーブティーですわ。食後にお楽しみくださいませね」

用があればベルを鳴らしてほしいと言い、イヴリンが退室した。気を利かせて二人きりにしたのだろう。

気まずい空気が流れる。シャーリーは食事に集中しようとするが、目の前の美丈夫《びじょうふ》がじっと見つめてくるので落ち着かない。

食事中に喋《しゃべ》るのはあまりよろしくないと思っていたが、シャーリーはスープを飲み干すと匙《さじ》を置いた。

「イヴリンから聞きました。妖精王の名前をつけるのは花嫁だと。そうすると、今のあなたには名前がないのですか」

「……なんだと？」

妖精王は手に取っていた赤い林檎《りんご》を強く握った。ぐしゅり、と林檎のつぶれた音がして、果汁が手から零れる。

——なにか機嫌を損ねることを言ったかしら……。

妖精王は不機嫌さを滲ませた声で呟く。

「ジークヴァルトだ」

「ジークヴァルト？　絵本の中の騎士と同じ名前だわ。子供のときに好きだったの」

悪い魔女に殺されそうになる美しいお姫様を騎士が助ける話だ。ありふれた内容だが、子供のときは大好きな話だった。こんなふうに守ってくれる自分だけの騎士がいたらいいのにと父王に強請《ねだ》ったことがあったが、濁《にご》されただけで終わり、結局、数年後監視目的の護衛が数名ついただけで、物語のような心のときめきは訪れなかった。

「やはり、覚えていないのか」

林檎の種まで綺麗に食した妖精王は、不機嫌顔のままで問いかける。彼の苛立った顔にはすっかり慣れてしまった。

「お前が俺に与えた名前だ。忘れているようだがな」

「え？　私が？」

——なにを言っているのかしら。だって妖精王と会ったのは昨日がはじめてなのに。

「私はあなたと会ったことがあるんですか？」

「俺はお前を忘れたことはなかったぞ。……まったく不愉快だ。自分からロッティと名乗ったこともどうせ覚えていないんだろう」

子供の頃、ロッティと呼ばれていたのはせいぜい五歳くらいまでだ。その愛称で呼んでくれた家族は祖父母だけのはず。

――ということは、五歳までに妖精王……ジークヴァルトに会っているということ？

今のシャーリーは十八歳だ。印象的な記憶なら覚えていてもおかしくないが、シャーリーは幼い日の出来事を鮮明には覚えていない。

「ごめんなさい、昔のことはあまり覚えていないんです。病弱でよく寝込んでいたことと、離宮に移動させられた後はひとりでいることが多かったことくらいしか記憶にないの……」

――誰にも教えてもらったことがなかったけれど、一度妖精の世界に来ていたということかしら……。

経緯はわからないがきっとそうなのだろう。ジークヴァルトと名付けたのが自分なら、確かに子供のときに好きだった絵本の騎士の名を選びそうだと思えた。

「そうか、気合いで思い出せ」

「そ、それは無理では……」

やんわりと断ると、ジークヴァルトの気配が剣呑《けんのん》になる。なにを考えているのかわからないよりはよいが、気合いで記憶を蘇《よみがえ》らせるのは難しいだろう。

「思い出す努力はしろ」

譲歩をしたつもりなのだろうか。

ジークヴァルトは「食べ終わったら出かけるぞ」とシャーリーに言い放つ。

突然の予定に疑問符が浮かんだ。もしや昔の思い出の地にでも連れて行かれるのだろうか。

「あの、どちらに？」

「行けばわかる」

食後のハーブティーを飲み干し、イヴリンに外へ出かけることを伝える。室内履きの靴から、歩きやすいブーツに履き替えた。

「行ってらっしゃいませ」

にこやかに見送られるが、正直に言うと不安で仕方ない。

——イヴリンにもついてきてほしいわ……。

そんなことを言ったら、またジークヴァルトは機嫌を損ねるだろうか。イヴリンもきっと断るに違いないが。

「ロッティ、早く来い」

ここで「嫌です」と断る勇気はなく、シャーリーは命じられるままジークヴァルトについていくしかなかった。

たどり着いたのは森の奥深くにある湖だった。

森に入ったところまでは覚えているが、霧に視界を遮られたかと思うと気づけば湖にたどり着いていた。城の姿を捜しても見当たらない。

——これも妖精の幻影かなにかなのかしら？

大した距離を歩いていないけれど、移動距離は相当なものかもしれない。妖精の不思議な術に、改めて感心する。

「……滝が流れているのね」

上から滝が流れ、湖に落ちていく。周囲は木々が密集し、緑の濃い匂いがする。

水はとても澄んでいて、淡い緑色に発色していた。幻想的な光景にしばし心が奪われる。

「……あの、ここに私を連れてきたかったのですか？」

昔来たところなのだろうかと思ったが、なにも思い出せそうにない。

ジークヴァルトは「まだだ」と言った。だがその直後、なにか良からぬことを思いついた、といった顔をする。

「そうだな、湖に飛び込み、滝の裏まで自力で泳げ」

「え？　泳ぐ……？」

「自分から飛び込めないなら、俺が背中を押してやろう」

不穏な気配を感じ、シャーリーは全力で拒絶した。

「い、イヤです！　無理です！」

「やってみないとわからないだろう。無理だと言うから無理なんじゃないのか」

「なんでこんなときだけ人間っぽい発言をするんですか？　泳いだこともないのに、いきなり滝に突っ込むなんてできませんっ」

「人間の女は脂肪が多いのだろう？　沈むことはないんじゃないか？」

論理的にはそうなのかもしれない。だが水の流れがあり、服の重みを考えた上での発言とは思えない。

——水も冷たそうだし、ドレスだってこの一着しか持っていないのよ。

妖精が風邪を引くかはわからないが、シャーリーは確実に身体を壊す。特に人間の女性は身体を冷やせば大病を招くと、必死に説明を続けると、やっとジークヴァルトは引き下がった。

「冗談だ。本気でできるとは思っていない」

「〜〜っ！」

——ひどい！　いじめっ子みたいだわ……！

嘘か冗談かなどわかるわけがない。出会って一日しか経っておらず、信頼関係だってできていないのだから。本気で落とされるのかと思い、心臓がまだばくばくいっている。

普段は温厚なシャーリーだって恨みがましい目で睨みたくもなる。

「なるほど、本気で嫌がる感情にも辛さが混じるのだな。昨日よりは多少感情が出るようになったか」

ジークヴァルトはいつの間にかシャーリーの感情を喰らっていたようだ。冷静に味の分析までしている。

――絶対途中までは本気だったわ……。人間の女は脂肪が多いんだから沈むことはないとまで言ったもの。

シャーリーの身体はほどよく肉がついている。ふっくらした胸の膨らみが柔らかくドレスを押し上げていて、腰回りはキュッとくびれている。もしやこの胸を見て水に入っても沈まないと言ったのでは？　と胡乱《うろん》な視線を向けてしまう。

ジークヴァルトに簡単に振り回されてしまう己もふがいなくて少々悔しい。

「来い、滝の裏に入るぞ」

「え――、っ！」

膝裏と背中に腕を回され、前触れもなく抱き上げられた。

「ひゃっ」

突然の浮遊感に小さく悲鳴を上げた。

昨日も散々抱き上げられたが、せめて一声かけてほしい。

「いきなりはやめてくださ……」

文句の途中でジークヴァルトが湖に向かって歩き出した。なにを考えているのかわからず、シャーリーは必死で止めようとする。

「待って、そっちは湖よ？　ダメよ、早まっちゃ！　わ、私はあなたと心中するつもりは……！」

だが、ジークヴァルトの足が湖に沈むことはなかった。

そのまま水面を歩き出す。一歩歩くごとに波紋が広がっていく。

「ええ……？」

「暴れると落とすぞ。落とされたくなければしっかり摑まっていろ」

落とされたら確実に溺《おぼ》れる。本能的な恐怖を感じ、シャーリーはジークヴァルトの首にぎゅっと腕を巻き付けた。

――水の上を歩くなんて、おとぎ話の世界だわ……。

つくづく、この男は人間ではないのだと実感させられる。そもそもこんな煌びやかな美貌を持つ男がただの人間とも思えないが。

足取りには安定感があり、シャーリーは息をひそめてジークヴァルトに身体を預けた。前を向くのも怖いので、抱き着きながら後ろを見ていた。

だがジークヴァルトの進行方向から、大きな水飛沫《みずしぶき》の音が聞こえてくる。紛れもなく滝の音だ。

――待って待って、待って……！

気のせいではない。この男はまっすぐ滝に向かって歩いている。このままでは滝に打たれてずぶ濡れになるだろう。

――濡れるだけで済むのかもわからないわ……！

シャーリーの恐怖は十分伝わっているだろうに、ジークヴァルトは安心させるような言葉をかけることはない。

ただわかるのは、ここで騒いだら落とされるだろうということ。命の危険に怯え、シャーリーはきつく抱き着いたまま目を閉じた。

「おいロッティ、首を絞《し》めるな」

――知りません！

声を出す余裕もない。滝の音も水飛沫も間近に感じる。

――打たれる……！

そう覚悟を決め、息を止めた。

だが、数秒経過しても身体は濡れず、視界が暗くなるだけだった。水の音は遠ざかり、ジークヴァルトの足音が反響する。

「え……」

目を開けると暗闇が広がっていた。

「洞窟……？」

「さっきの滝の裏だ」

空気がひんやりしている。どこからか水滴の落ちる音が聞こえた。

「どこに行くんですか」

目的地を知らされていない。もしもこの場に置き去りにされたら確実に遭難《そうなん》するだろう。

「さあな、お前はどこへ行きたい？」

「どういう意味ですか」

「この洞窟がどこに通じているのかわからないなら、お前が望む場所を言えばいい。運がよければその場所に通じているかもしれない」

不思議な問いかけをされる。妖精王は洞窟の先になにがあるのか知っているだろうに。

――でももしも行きたいところに通じる洞窟だったら、私はどの場所を願うのかしら……。

望む場所を聞かれても、とっさに答えが出てこない。

今までは、幽閉されていた離宮から外に出ることを望んでいた。もっと自由が欲しいと思ったし、空を見ながら寝転んで風を感じながら大地の温もりに触れたいと思っていた。

誰にも咎《とが》められることなく、もっと広い景色が見たかった。今、それが叶っているのかもしれない。

「……私、湖や滝を見たのもはじめてだったんです。あんなに綺麗な緑色の水は見たことがなかったわ。滝がどんなものかは知っていたけど、水の恐ろしさを感じさせられたのもはじめて」

「そうか」

「滝の裏に行くのも洞窟の中を歩くのも。だからこの先がどこに通じているのか、少し怖いけど気になります。どんな景色が見えるのか」

鉄格子が嵌められた窓から見える狭い空は見飽きてしまった。つい一昨日まで過ごしていた日常だったのに、新しい体験が増えるたびに次を望んでしまう。

胸の奥に感じるドキドキは、恐らく好奇心というものだ。薄暗い闇を抜けた先になにが見えるのか。確実なのは、今までシャーリーが見たことのない景色が広がっているということ。

「ロッティ」

「……っ！」

耳元で名前を呼ばれた。腰に響くような低音が身体をふるりと震わせる。

「目を瞑《つむ》っておけ」

「え？　……はい」

――なんだろう、少し怖いわ。

大量の虫でもいるのだろうか。……いや、もしもそうであれば目を瞑れなどとは言わない気がする。シャーリーの嫌がる姿を見たいと言いそうだ。虫は苦手だし、おぞましい光景を見たら失神するかもしれない。その様を見て喜ぶ彼の顔が目に浮かぶようだ。

目を閉じて耳を澄ませる。静かな洞窟の中でジークヴァルトと密着していると、彼の息遣いや心音まで伝わってきそうだ。

洞窟に入ってからしばらく経っている。どれだけ奥が深いのだろう？　と考えた直後、肌に触れる空気が変わった気がした。

「着いたぞ。もう開けていい」

言われた通り目を開けると、広い空洞が現れた。天井にはぽっかりと穴が開いており、空が見える。

周囲には木々が生え、真ん中には先ほどの湖よりもさらに純度の高い澄んだ湖があった。水面には、まるで鏡のように周囲の景色がくっきりと映っている。浅く見えるが、水深はわからない。

ジークヴァルトに下ろしてもらい、苔《こけ》の生えた地面を歩く。

指で触れた湖の水はとても冷たくて、指先がすぐに白くなった。

「ここは？」

「そうだな、俺の秘密基地、というやつだ」

服が汚れることも構わず、ジークヴァルトは乾いた地面の上に寝転んだ。このまま昼寝をしそうな体勢だ。

――秘密の場所に私を招いたら、秘密でなくなってしまうのでは。

「静かに過ごしたいときに訪れる。いいだろう、この場所は」

陽光が頭上から差し込み、湖を照らす。外では味わえない不思議な空間は、心地のいい癒やしをもたらしてくれる。

シャーリーも、乾いた地面を探し、腰を下ろした。地面はほんのりと温かい。

「おい、なんでそんなに離れた場所に座る」

不機嫌な声で咎められた。

彼は寝転がったまま頬杖をついた姿勢でシャーリーを見つめてくる。

「こっちへ来い。嫌だと言うならさらに嫌がることをするぞ」

さらに嫌がることとはなんなのか。確認すると藪《やぶ》から蛇が出てきそうなので大人しく従うことにする。

――本当、性格がいじめっ子のようだわ……。

大人の男の言う台詞ではない気がするが、妖精王に人間の常識をあてはめても仕方ないのかもしれない。

人ひとり分のスペースを空けてジークヴァルトの隣に腰を下ろすと、腕をグイッと引き寄せられる。

「ひゃ……っ」

体勢が崩れ、ジークヴァルトの上半身にもたれかかる。そのまま肩を抱き寄せられ、シャーリーはジークヴァルトとともに地面に寝転んだ。

「ここからのほうが空が大きく見える」

青空に白い雲がかかる。

のんびりとした雲の移ろいを見ているだけで眠気に誘われそうだ。

パチン、とジークヴァルトが指を鳴らした。次の瞬間、青空だった空は群青《ぐんじょう》色に染まり、白い雲が満天の星に変わった。

「え……ええっ！」

一瞬の変化に目を瞠った。湖は磨き上げられた鏡のように夜空を映し、空も地面も星に囲まれているかのようだ。

「驚くのはまだ早いぞ」

ジークヴァルトがもう一度指を鳴らす。

すると、群青に散った幾万もの星が地上へと落ちていった。

「えっ！　流れ星……!?」

幻想的な光景に目も心も奪われる。星が流れる現象があるとは聞いていたが、これも目にしたのははじめてだ。

「どうだ、美しいだろう」

「美しいわ……とっても。こんなの見たことないもの。すごいわ、流れ星があんなに……！」

興奮を隠しきれない。

怒りや恐怖などの感情はすべて消え、心に広がるのは驚きと高揚感。美しいものを見た感動がシャーリーの表情を豊かにさせた。

「……空に吸い込まれてしまいそう。瞬きをするのがもったいないわ」

ジークヴァルトが指を鳴らすと次々に空が変わっていく。本当に時間を早めているのか、幻影を見ているのかはわからない。

——よくわからない人だけど、妖精王はこんなこともできるのね。

これはシャーリーが喜ぶと思って見せているのだろうか。彼の真意はわからないが、誇らしげに「美しいだろう」と同意を求めていたから、きっと喜ばせたいと思ってのことだろう。

湖にも空の光景がくっきりと映されている。一瞬の煌めきとともに儚く消える星たちが、まるで人の一生のようにも思えた。

――私は、あんなふうに輝きながら人生をまっとうできるのかしら。

煌めきが心の輝きだとすると、シャーリーの諦め癖はその輝きを鈍らせるものだ。

ジークヴァルトが人形と評したことに苛立ちを感じたのも、自分自身がそう思っていて、それを不満に思っていたからだ。感情を伴わず心に蓋をし、ただ流されるまま生きていくのは、なんて味気なくつまらない人生だろう。

――もっと自由に、心のままに生きられたら。

手を伸ばせば、欲しいものを摑めるだろうか。

「……この景色は気に入ったか？」

隣から声をかけられて、シャーリーはジークヴァルトに視線を向けた。空に夢中になっていたが、どうやら彼はずっとシャーリーを観察していたらしい。

「ええ、気に入ったわ、とても」

興奮していた姿を見られていたと思うと、じわじわと気恥ずかしくなってくる。つい視線を逸らしたくなったが、ジークヴァルトの眼差しにからかいの色はなく、思いがけず優しく見つめられた。

「ああ、いいな。今までで一番いい感情だ」

「……っ」

感情を喰らわれたのだろうか。いいと言われても、褒められることに慣れていない。
——散々不味いって言ってきたのに、いきなりそんなふうに言われても……。
戸惑いに、少しの誇らしさが混ざる。むず痒《がゆ》い気持ちにさせられた。
なんと返事をすればいいのかわからず、シャーリーはふたたび空へ視線を向けた。

第三章

静かな部屋にひとり、少女が銀の匙を持っている。

白いテーブルクロスの上には、ひとり分としては十分な食事がのせられている。冷めて硬くなってしまったパンや、野菜がたっぷり入った具沢山のスープ。好物のオムレツはいつもと同じ味のはずなのに、おいしさが感じられなかった。

王城から離宮まで毎回食事が運ばれてくるが、距離があるためすっかり冷めてしまっている。湯気の立っていないスープを匙ですくい口に運ぶが、一口飲むたびに胸が詰まってうまく飲めない。

――どうして……。

一体これまで何度、自問自答を繰り返しただろう。

少し前までは、毎日ではなくても両親と会えたし、時折家族で食事も摂れた。

だが、離宮に移動させられてから、シャーリーはひとりで食事を摂らされる。

冷めた料理を食べても味がしない。硬くなったパンを小さくちぎり、スープに浸してみたが、食欲はわかないままだ。

おいしくなくて、寂しくて。涙の混じった味は少ししょっぱい。

子供の頃から傍にいてくれた乳母もいないし、遊び相手すらいない。厳格な教育係との会話は息が詰まりそうだ。

『おとうさまとおかあさまにあいたい……』

数日経過しても家族が会いに来てくれることはない。それならば、とシャーリーはひとり監視の目をかいくぐり、離宮を抜け出した。

会いに来てくれないなら会いに行けばいい。

幼い頃のシャーリーは、身体が弱くても活動的だった。中庭を抜ければ近道になるのも知っている。

途中で綺麗な花を摘もう。まだ二歳の妹は素直に喜んでくれるだろう。

庭師が手入れをしていた薄紅色の薔薇が美しく咲いていた。棘《とげ》に気を付けて、一輪貰う。

薔薇を摘み終えて王城へ向かおうとしたそのとき。母親と兄の姿を見つけた。

『……おかあさま、おにいさま！』

数名の侍女を伴い中庭を散策しているようだ。

シャーリーは笑顔で駆け寄る。きっと笑顔を向けてくれると信じて。

『おかあさま！　バラがきれいにさいていたわ』

シャーリーに声をかけられた王妃の表情は、とても我が子を見るものではなかった。怯えを隠さず、シャーリーの手を払いのけた。

『……っ！　どうしてひとりで外に出てるの！　部屋にいなくては駄目でしょう！』

『あ……、ご、ごめんなさい……』

強い拒絶を感じ、シャーリーは謝った。手を払いのけられた瞬間、薔薇の棘が指を傷つけ、赤い血がぽたりと地面に落ちる。

痛ましい顔で近寄ろうとする侍女を制し、王妃は心底不思議そうな顔をした。

『まあ、どうしてお前の血が赤いのかしら』

『……っ！』

指の傷よりも、心が痛かった。優しかったはずの母から出た言葉とはとても思えず、驚きすぎて涙も出ない。

『シャーリー』と呼びかけて近づこうとした兄の腕を摑み、王妃は背を向けた。

『いいわね、部屋から勝手に出ては駄目よ。お前は妖精に攫われてしまうのだから』

シャーリーを迎えにきた侍女たちは、国王夫妻は王女を守るために隔離しているのだと繰り返し言った。守るためにあえて冷たく接しているのだとも。

だがシャーリーはそれを鵜呑《うの》みにできるほど愚かではなかった。

母の冷たい眼差しははっきりと拒絶を表していた。演技だとは到底思えない。

期待なんてしては駄目。いつか元通りになるかもと思うだけ無駄なのだ。

シャーリーは、いつしか愛情を求めることをやめ、感情を消すことを覚えた。

❀　❀　❀

ジークヴァルトの城に住み始めて七回目の夜がやってきた。

妖精の世界にも朝日は昇り、日は沈む。

日が暮れると、城内はとたんに静かになり、物音ひとつ感じられない。

不気味なほどの静けさに心細さを覚えながら、シャーリーは寝台の上にひとりで枕を抱きしめたまま横になった。こんなふうに、眠るときはひとりなのに、ここ数日は、朝になると何故か隣にはジークヴァルトが眠っている。

枕を抱きしめて寝ていても、朝になればシャーリーがジークヴァルトに抱きしめられて目が覚めるのだ。枕はといえば、いつも寝台の下に落ちている。自分の寝相が悪くて落としているのか、ジークヴァルトが放っているのかはわからない。

――まただわ。

起き抜けに見るには眩しすぎる美貌が視界に入る。目が閉じられていると精巧な作り物のように思える。温もりがなければ気づかないに違いない。

──無防備だわ。妖精王が寝顔を晒すなんて。

今なら顔に落書きもできる。絵筆で描いた瞬間にくすぐったさで目を覚ましそうだけれど。ともあれ、寝ているときは失礼な暴言も吐かれないので、穏やかな気持ちで観察できた。

──オルブライトでは、私とまともに目を合わせようとする人はいなかったけど、この人は最初から私を奇妙だとも思っていない。躊躇いもなく触れてくるし、鬱陶《うっとう》しいくらいに傍にいる。

身勝手でたびたび振り回されるが、少しずつシャーリーの心にも変化が起こっていた。抑圧されてきた感情が表に出始めたのだ。

──それに、ここに来てから身体の不調も感じられなくなったわ。

幼少期に病弱だった身体は一時期とても健康になった。だが成長するにつれて、また疲労が溜まるようになり、時折発熱して寝込むことも多くなっていた。

アウディトレアに嫁ぐときも万全な体調ではなく、馬車での移動なら問題ない程度の怠さをずっと感じていた。

妖精の世界に来て、身体はとても動かしやすくなった。この世界の空気がシャーリーの身体に合っているのだろうか。呼吸がしやすく、発熱することもない。

ただ気がかりなのは、眠るときにいつも深い眠りに落ちることだ。

十日目の朝もジークヴァルトが目を覚ます前に目覚めたが、少しずつ目覚める時間が遅くなっているように感じていた。

「……王様、花嫁様、朝ですわ」

イヴリンの声が聞こえる。先ほど一度目を覚ましたのに、二度寝をしてしまったらしい。頭では朝なのだとわかっているが、瞼は目覚めに抗うように重くくっついていた。身体もいつもとは違い、怠さを感じる。

「花嫁様？　起きられますか？」

──どうしたのかしら……。起き上がれそうにないわ……。

心配そうに声をかけるイヴリンに、シャーリーは薄く口を開き、目を閉じたまま答えた。

「ごめんなさい……もう少し、寝かせて……」

十分な睡眠時間はとれているはずなのに、身体はまだ眠りを求めていた。

わずかに浮上した意識はふたたび深い場所へ沈んでいく。シャーリーはすぐに眠りに落ちた。

その後、目が覚めたのは昼を過ぎた頃だった。眠りすぎて腰が鈍く痛む。顔もむくんでいるようだ。

寝台の隣には水差しが置かれており、イヴリン特製の薔薇水が入っていた。グラスに注いで一気に飲み干す。

「随分日が高いわ……。どれくらい眠っていたのかしら」

　半日以上眠っていただろう。水分補給をすると頭がすっきりしたが、その後、顔を洗ってしばらくすると立ち眩みを覚えた。

「あれ……」

　扉に寄りかかっていると、誰かに身体を支えられた。腹部に回った逞しい腕の主はひとりしかいない。

「妖精王……」

「何度言わせるんだ。ジークヴァルト……いや、ジークと呼べ。お前がつけた名前だ、お前が呼ばなくて誰が呼ぶ」

「ごめんなさい、ジーク」

　シャーリーがつけたらしい名前を彼は気に入っているようだ。記憶がないため、大好きな絵本の騎士の名前を呼ぶのは少々気恥ずかしい。

「……あの、もう大丈夫よ」

　片手で彼の胸板を押し返す。

　ジークヴァルトはムッとした様子でシャーリーの手首を摑んだ。

「どこが大丈夫なんだ。嘘をついたら味が不味くなるからわかるぞ」

　――また味って……。

人を食糧のように扱うのにも慣れてきたが、まったくうれしくない。

こうして気遣ってくれるのも、シャーリーのためではないだろう。彼自身のためだ。

そう思っていたほうが素直に気遣いを受け入れられたのに、身体が不調のせいかどうも胸のあたりがもやもやする。

──変なものを食べたわけではないのに、胸の奥が落ち着かないのは何故かしら。

しかし今は素直に頼るべきだろう。これ以上迷惑をかけたくない。

「……では、私を運んでください、ジーク」

誰かに願い事を言うのはどれくらいぶりだろうか。うまくお願いできたかがわからない。

長身のジークヴァルトとシャーリーとでは、身長差が大きく、シャーリーの頭はジークヴァルトの胸元までしかない。見上げるには首を大きく傾けないといけないが、そうするよりも早く、シャーリーの身体は片腕で抱き上げられていた。

「ひゃ……ッ!」

腕にお尻をのせるようにして抱えられて、思わずジークヴァルトの頭を摑む。ぐらん……とふたたび眩暈に襲われたが、しばらく目を閉じてじっとしていると徐々に落ち着いてきた。

寝台に寝かせてくれるのかと思いきや、長椅子に運ばれる。ジークヴァルトもその長椅子に座り、シャーリーの頭を自分の膝にのせた。

——え？

運んでほしいとは言ったが、どこへとまでは言わなかった。けれど、膝枕をしてほしいとも頼んでいない。

——どういうつもり……？

彼の表情を確認しようとするが、横向きに寝かせられ頭に手を置かれてしまい、顔が動かせない。

「上目遣いでお願いとは。離れていた十三年間で随分とあざとい女になったな」

心外である。頼れと言ってきたのは妖精王のほうだ。

だが意外にも、ジークヴァルトの手つきは優しく、声も柔らかい。こんな大きな手で頭を撫でられるのはどれくらいぶりだろうか。父王から撫でられた記憶も残っていない。

シャーリーはこの包まれるような安心感を、何故か懐かしいと感じていた。

この手を知っている気がする。

——温かい……。

膝は硬くて寝心地はよくないが、この手の温かさはシャーリーを安眠へと誘うものだった。

ふたたび目覚めたのは身体が空腹を感じたからだった。

窓の外はまだ明るく、眠っていた時間はそれほど長くはないらしい。

「起きたか」

頭上から落ちてきた声に気づき、シャーリーは顔を上に向けた。

とたんに、きゅるる、とシャーリーの腹の虫が存在を訴えた。気恥ずかしく思いながら、身体を起こす。

「腹が減っているようだな」

チリン、とベルを鳴らすとイヴリンが現れた。心配そうにシャーリーの様子を窺ってくる。

「食事を用意してやってくれ」

「はい、ただいまお持ちしますわ」

シャーリーが空腹だとわかると、イヴリンはすぐに踵《きびす》を返した。随分心配させてしまったようだ。

シャーリーの肩には見覚えのない衣服がかかっている。ほのかにジークヴァルトの匂いがした。どうやら自身が着ていたものを貸してくれたようだ。

――私が寒がると思ってかけてくれたの？

傲慢《ごうまん》で不遜な妖精王だと思っていたが、優しい一面も持ち合わせているのだ。こんなふうに誰かに優しくされたことがないため、胸がじんわりと温かくなった。彼の香りも嫌いじゃない。

長椅子の端に移動し、シャーリーは軽く畳んだ衣服をジークヴァルトに返す。

「貸してくださってありがとうございました」

「ああ。身体はどうだ。日に日に睡眠時間が増えているな」

確かに、数日前から少しずつ起床時間が遅くなっていた。ここまで何度も眠くなることもなかったので、少し変だ。きっと慣れない環境で疲れが出ただけだろうと思うが、病気が隠れていないか不安になる。

「……今は問題ありません」

しばらくすると、イヴリンが料理ののった手押し車を押して戻ってきた。長椅子の前のテーブルに温かな料理が並べられる。

すりおろした芋と卵を混ぜたふわふわなオムレツだ。柔らかくて食べやすい。他にも玉ねぎのスープとサラダを食すと、デザートには菫《すみれ》の糖蜜づけののったタルトが出された。

「おいしい」

食欲はまったく衰《おとろ》えていない。いや、それどころか、寝てばかりなのに、何故かとてもお腹が空いている。

ライ麦で作られたパンはおかわりまでしてしまった。

それだけ食べていればデザートまでは入らないはずが、出されたものをぺろりと完食してしまう。しかもまだ満腹には至っていない。

——睡眠時間も食欲も増えているなんて、やっぱりどこか変よね。

食事を終えると体調はしばらく安定する。身体の怠さも眠気も襲ってこないようだ。

イヴリンが淹れてくれた食後のハーブティーを飲むと、黙って食事に付き合っていたジークヴァルトが口を開いた。

「落ち着いたようだな。栄養を補給したからか」

彼は優雅にカップを持ち上げ、香りを楽しんでいるようだ。

食べて寝てを繰り返していたら、体重が増えてしまう。このままではドレスが苦しくなりそうだ。

元々食が細く、食べ過ぎると気持ち悪くなってしまう体質だった。体調が万全な日が少なかったからかもしれないが、今の状態は異常な気がする。

「あの、私の身体、どこか悪いんでしょうか。今は食後だから落ち着いているけれど、またしばらくしたら眠くなるかもしれない。最近、気づくとうとうとしちゃってるの。あちらの世界でも身体は丈夫じゃなかったけれど、どれだけ寝ても寝足りないようなことははじめてです」

言葉に出すと徐々に不安になってくる。楽観視できないような重大な病気だったらどうしよう。シャーリーはネグリジェをキュッと握った。

「身体の不調は、今のお前の存在が曖昧だからだ。人間でも妖精でもない、中途半端な状態だ。どちらにも属していないから妖精界に身体が馴染《なじ》めず、不調をきたしている。この世界の食べ物を食すと少しは改善されるが、根本的な解決にはならないだろう」

「待って、存在が曖昧って……、人間でもないというのはどういうことですか」

「言っただろう、その目は妖精王と同じ目だと。オルブライトに生まれる王女には生まれつきその目を持つ者が現れる。人間の子でありながら妖精の血が濃く出た証だ。だから攫う。人の世界では長く生きられなくとも、妖精王の食糧にはなれるからな」

「……ということは、花嫁に選ばれるのは、妖精の血が濃いせいで人間の世界では短命だから？」

花嫁が食糧ということだけではなさそうだ。

元々人間の世界で長く生きられないのであれば、これまで不調を感じていたのも納得がいく。

「本当に忘れているんだな」

ジークヴァルトは舌打ちをしながら立ち上がった。

意地悪く笑う顔でも、冷笑を浮かべている顔でもなく、苛立ちをのせた顔でシャーリーを見下ろしてくる。瞳の奥に渦巻く感情は複雑すぎて読み取れない。

――忘れてるって、なにかあったの？

「質問をしたらなんでも教えてもらえると思っているのなら間違いだぞ。そもそも、お前は俺を完全に信用していないというのに、俺の言葉が信じられるのか？　ああそうだ。ひとつ大事なことを教えておいてやろう。俺は嘘つきだ」

急にへそを曲げたような態度をとり、ジークヴァルトは去って行ってしまった。

残されたシャーリーは啞然としたまま、彼が消えた先に視線を向ける。

「なにそれ……意味がわからないわ……」

何故突然「嘘つきだ」などと言い始めたのだろう。

でも本当に彼が嘘つきだとすると、彼のこれまでの発言のどこからどこまで信じていいのかわからなくなる。

「会話って難しい……。いきなりどうしたというの。もしかしたら少しは自分でも調べなさいということ？」

調べようにも、この城に過去の資料があるのかもわからない。シャーリーの話し相手は今のところジークヴァルトとイヴリンしかいないのだ。情報を得るにも限度がある。

——難しいわ、異種間交流……。

ただ、ジークヴァルトが言っていた『曖昧な存在』という状況は嘘ではないだろう。彼が言うように、代々オルブライトの王家に妖精の血が流れているとしたら、その血が濃く現れる者も生まれてくるはずだ。

妖精の血が強い者が人間の世界で不調もなく生きられるとは考えにくい。妖精の証として、目の色に彼らの色が現れるのなら花嫁として迎え入れるのも納得がいく。

「私の目の色は妖精王と同じ。でも妖精ではないから身体が馴染めていないのかもしれない」

ならばどうやったら身体が馴染むのだろう。

この世界の食べ物を食べている間は不調が消える。食べた後もしばらくは体調不良を起こさないが、やがて徐々に身体は怠くなり睡魔に襲われる。

素直にジークヴァルトに助けてほしいとお願いすればいいのか。シャーリーが起きている時間に、妖精王の花嫁についての記述を集めて読み漁るよりも、そうするほうがよっぽど早いが、先ほど拒絶されたばかりだ。きっと簡単には教えてもらえないだろう。

「お願いするのもなんとなく嫌だわ」

意地を張っているのかもしれない。今まで友人と呼べる相手などできたこともないから、こういうときにどうするのがいいかわからない。いや、そもそも人間ですらない相手なのだから人間の常識など通用しないだろう。ここはやはり自分で調べるしかないか。

――それに、昔会っていた記憶も気合いで思い出せって言われてたし。

未だに記憶の欠片《かけら》すら見つかっていない。

ジークヴァルトと出会っていたことが本当だったとしても、子供の頃の出来事を思い出すにはなにかきっかけが必要だ。

「せめて当時の会話とか出来事とか、一緒にいた場所に連れて行ってくれるとかしてくれないと……」

――自分だけ忘れずに覚えているのが嫌で拗ねているの？　自分が覚えていて私が忘れているのは不公平という考えかしら。

このまま座り続けていたら、また眠ってしまいそうだ。

シャーリーはベルを鳴らし、イヴリンを呼んだ。城内の散歩ができないかと尋ねる。

しかしイヴリンは可愛らしく首を横に振った。

「申し訳ありません。花嫁様をこのお部屋から出すなと先ほど王様に命じられてしまったので、今日のところはこの場でお過ごしいただきたく」

「ええっ………」

しゅん、と下がった眉を見ると申し訳ない気持ちになる。イヴリンを責めたいわけではないのだ。

「そう、なのね。残念だけどわかったわ」

「ですがバルコニーに出ることはできますのでお申しつけください。先ほどお食事を召し上がったばかりですし、また少ししたらお茶を淹れますわ」

「ありがとう、うれしいわ」

起きている時間に少しでも情報が欲しい。シャーリーはイヴリンにいくつかの書物を持ってきてもらうようお願いし、大人しく読書にいそしむことにした。

「……読めないわ」

持ってきてもらった本を開き、項垂《うなだ》れる。

残念ながら妖精が使う文字はオルブライトとは異なるらしい。

会話は通じるのに文字が異なるとは思わなかった。思いがけない落とし穴を見つけた気分だ。

——でも、本の装丁はオルブライトのものと変わらない。紙の質もとてもいいものだわ。インクも綺麗だし、保存状態も良好。劣化がほとんどない。

いつ作られた本なのかはわからないが、それなりに年季《ねんき》は入っていそうだ。

シャーリーはふと思いついた疑問を口にした。

「妖精の皆さんはどのくらい生きているの？」

「それは種族によりますわ。力の弱い妖精ですと生まれてもすぐに亡くなりますし、長命の妖精でしたら数百年は生きられます」

「個体差が大きいのね。イヴリンはどのくらい生きているの？」

「妖精王の母君に仕えていたくらい長くですわ」

にっこりと笑った顔は十歳ほどの少女にしか見えない。妖精王とはシャーリーが小さい頃に会っているようだから、その母君に仕えていたとなるとシャーリーの祖父母以上に長く生きていそうだ。

「では妖精王はどのくらい……」

「わたくしの口からは申し上げられませんわ」

人差し指を口元に押し当て、秘密だと言われる。その仕草にはとても人間味があった。

――人間と共存しているのなら、妖精たちも私たちの暮らしから影響を受けていてもおかしくないわよね。

妖精を視たことのある人間はシャーリーの周囲にはいなかったが、勘の鋭い人間には視えるらしい。

妖精はオルブライトの国民にとって身近な存在だ。妖精と触れ合える人間は縁起がいいとも言われている。

――でも私は幸運を呼ぶ妖精姫なんかではないわ。

両親から避けられ、幽閉されていた王女だ。教養のない娘を他国に嫁がせるわけにはいかなかったからか、教育係はきっちりつけられていたが。

一度も妖精を視たことがないのに、母親からは奇異な目を向けられ、父王とは会話らしい会話をしていない。もしも王家が本当に妖精を信仰しているのなら、シャーリーはもっと大切に育てられたことだろう。

――私も、妖精なんて視たことないわ……ええ、なかったはずよ。

自分自身に言い聞かせるように心の中で呟いたが、少しずつ違和感が募《つの》る。

もしかしたら、幼い頃の記憶など簡単に塗り替えられるのではないか。

心に悪影響を及ぼすほど大きな出来事が起きたら、都合のいいように思い出をすり替えてもおかしくはない。

――どうして私の過去は朧気《おぼろげ》にしか思い出せないの。思い出せたとしても断片的でしかないわ。

ロッティ、と呼ぶ声に懐かしさを感じる。だがそれは祖父母からそう呼ばれていたからだと思っていた。

――でもあの声……妖精王の声は聞き覚えがあるような……。

しかしそれは夢の中の記憶のようで、現実だったのかもわからない。ひどく曖昧なものだ。

一向に理解できない文字を目で追いながら、シャーリーはふたたび夢の世界に誘われていた。

❀　❀　❀

夢の中では、子供だったシャーリーが眠っていた。

少女趣味な寝台には、枕元にいくつものぬいぐるみが並べられている。いかにも子供が好きそうな可愛らしいものが寝台に集められているのは、シャーリーがよく寝込んでいたからだ。

幼い頃、両親はシャーリーが熱を出せば体調を気遣ってくれた。まだ子供だった兄と妹がいたけれど、一番手がかかっていたのはシャーリーだった。生まれたときから身体が弱く、大人になるまで生きられないかもしれないと城の医師に言われていた。

――そうだわ、子供の頃は両親の不安そうな顔ばかり見ていた。

高熱で寝込み、心細い思いをしたことは数えきれない。夜中に熱が上がり、うなされたことも何度もあった。だが、苦しいときはいつも傍に誰かがいてくれた。

――あれは誰だった？

両親が会いに来てくれる時間は限られていた。夜中まで看病されたことはない。彼らは一国を背負う多忙な人たちだ。深夜になればひとりで寝かされていた。

『ロッティ』

高熱に浮かされていると、誰かが優しく名前を呼んでくれた。大きな手に自分の手を握られ、冷たい水で濡らしたタオルを額にのせてくれたこともあった。

あの声は祖父母ではない。彼らはすでに隠居生活を送り、別邸に住んでいたのだから。

『……ロッティ、生きたいか』

夢の中のこの声は、果たして記憶の中の声なのか、別人の声で再生されているのか。だが問いかけられたその言葉を、シャーリーは確かに聞いた覚えがあった。

──あれは……あの声は……妖精王？

ふわっとした一瞬の浮遊感の直後、シャーリーの意識はふたたび現実に戻ってきた。

瞼を押し上げると、ジークヴァルトが窓辺に飾られている花をいじっている。

「起きたか、居眠り姫」

夢と同じ声で名前を呼ばれた。

同一人物という確証はないが、もし彼が言うように本当に過去に会っているなら、夢の人物はジークヴァルトに違いない。

美しく咲く色とりどりの花の中から、ジークヴァルトは赤い薔薇を一輪抜いた。花びらを数枚剝《は》がし、手触りを確かめてから口に含む。

「……花を食べるの？」

薔薇は食用花だっただろうかと考えるが、妖精だから精気を貰えるのだろう。

「お前が寝ている間、暇だったからな。これらは俺に献上されたものだ」

人と同じ食事も食べるし花も食べられる。そして花嫁の感情をも食す妖精王は、つまり雑食ということらしい。

シャーリーは本を眺めながらうたた寝をしていたことに気づいた。膝の上に開かれたままの分厚い書物がのっている。それをパタンと閉じて、テーブルの上に置いた。寝ている間、下を向いていたためか首が痛む。

「お前は寝たきりにでもなりたいのか？」

「え？」

穏やかではない質問だ。とっさに眉をひそめてしまう。

当然嫌に決まっている。ずっと寝たままの状態など恐ろしい。

「そうだわ、私が曖昧な存在でなくなるには、どうすればいいんですか。身体をこちらの世界に馴染ませるには、今のままではダメなんでしょう？」

「難しいことはなにもない。俺と番《つが》えばいい」

「つがう……？」

ジークヴァルトがさらりと答えた。番う、という聞き慣れない言葉に、シャーリーの思考はしばし停止する。

——ここではすでに妖精王の花嫁にはなっているけれど、そういうことじゃないのよね……。

「理解できていないようだな。俺を受け入れろと言っている」

「随分受け入れているわ」

妖精王の存在を否定したことはない。ジークヴァルトのことは率直に美しいと思っているし、彼の顔は好ましいと思う。

精神論の話ではないことを、初心《うぶ》なシャーリーは気づいていなかった。

「身体は成熟しているが、中身はまだまだ子供のようだな。お前、花嫁の自覚はあるのか？　アウディトレアの王子に嫁いだ後どうなると思っていた。……つまり、お前は俺の花嫁だが、正式な初夜は迎えていないと言っている」

「初夜……！」

受け入れる、という意味がようやく理解できた。

嫁入り前の教養として、性行為の知識はあるにはあるが、詳細までは知らされていない。男性の子種を胎内に受け入れると子供を宿せるらしいが、具体的にどうすればいいのかは殿方に任せるようにと教育係に言われていたのだ。

――なんで思い至らなかったのかしら。妖精王が美しすぎるから？　人間的な欲望とは離れた存在だと思えていたのかしら……。

いや、そんなことはない。もっとうまい感情をよこせと要求するし、味に関する欲望は強い。だが性欲については考えたことがなかった。シャーリーの顔がじわじわと熱くなる。

「その……、あなたと初夜を迎えないと、私の不調は治らないと……？」

「そうだな。だが一度きりではないぞ」

「え」

「お前の身体が馴染むまで何度も何度も、ここに注ぎ込む必要がある」

ジークヴァルトの目にからかいが混じった。シャーリーの下腹を指して艶然《えんぜん》と笑う。

「……っ！」

行為は一度で終わらない。何度も肌を重ねることを想像し、シャーリーの顔が真っ赤に染まる。

思わず顔をそむけたくなったが、頭上に手をのせられてあえなく阻止された。

「恥ずかしがるその感情、悪くないな。嗜虐《しぎゃく》心を刺激される味だ。もっとよこせ」

「い、イヤです……！」

「ああ、だがこれからもっと恥ずかしいことをするのだから存分に味わえるな」

くつくつと喉奥で笑う顔が憎たらしい。シャーリーの心に羞恥と怒りと緊張が湧き上がるが、声に出して抗議するともっと喜ばれてしまいそうだ。

——本当、いい性格をしていらっしゃるわ！

アウディトレアの第二王子に嫁ぐときに覚悟は決めていたはずだが、いざ実践するとなると恐ろしくなる。

本来なら愛する人との営みだが、王女に生まれたからには自分の意思など尊重されない。国のために世継ぎを産むことが義務なのだ。その覚悟をして嫁ぐつもりだった。相手がジークヴァルトに代わっただけで戸惑うことなどないはずなのに。

――ジークは私とそういうことがしたいの？

妖精王の言うことが真実ならば、シャーリーの身体は彼の精を受け入れねば生きていけない。だが、彼自身はどうなのだろう。羞恥心に悶える感情を喰らえればいいだけなのだろうか。

「ジークは……その、私とそういうことがしたいの？　それは食事目的？」

恥ずかしさを押し殺して尋ねると、ジークヴァルトは即答した。

「両方だな。俺はお前の感情も身体も貪りたい」

「……えっ」

「人間のお前にはわからないだろうが、俺は飢《う》えている。お前が大人になるまで何年待ったと思っている？　俺にはお前しかいないんだと、まだわかっていないようだな」

「そ、そんなこと言われても……」

「お前の感情を存分に喰らいたいし快楽を引きずり出してやりたい。十年以上お預けを喰らっているんだ、哀れとは思わないのか。それにお前こそ俺が必要だろう」

「……っ」

身体も感情も喰らいたい。シャーリーの快楽も引き出したいと言われると、どう受け止めていいのかわからない。だが一途に想われていたとも知り、鼓動が速まった。

――ずっと大人になるのを待っていたって……そんなの今言うのはずるいわ。

妖精王の飢餓感がどれほどなのかはわからない。その飢えが満たされるには、たった一度の交わりでは済まないだろう。

だがそれはシャーリーも同じだ。彼の精を必要としている。

――……そう、これは治療行為だわ。この人を受け入れないと私の存在が曖昧なままなのだもの。恥ずかしいからとか、嫌だとか言っている場合じゃないんだわ。お互い必要な行為だと思わなくては……。

完全に納得はしていないものの、気持ちが固まった。

顔はまだ赤いだろうが、自分からの歩み寄りも必要である。目の前に立つ彼の手を取り、ぎゅっと両手で握りしめた。

大きくて硬い手のひらの感触は、やはりどこか知っている気がした。

「覚悟が決まったようだな」

「か、勘違いしないでくださいね。治療行為です。私があなたに抱かれたくて、お願いするわけでは……」

「ふん、それでいい。俺も存分に腹を満たさせてもらうからな。つまらぬ味を喰わせるなよ」

傲慢な物言いには不機嫌さが混じっていた。余計なことを言ってしまったかと反省しそうになるが、本心なのでやめておく。

ジークヴァルトがシャーリーの腹部に腕を回し、片手で抱き上げた。

「ひゃっ」

「大人しくしてろ」

向かう先は寝台だ。窓の外からは夕日が差し込んでいる。まだ日暮れには時間がある。

「待って、もしかして今から？」

「初夜は日が暮れてからという決まりはないな。それにこの世界では、俺が常識《ルール》だ。時間が経てばお前はまた眠るだろう。俺は反応を返さない人形を抱く性癖はないぞ」

「それは……」

返す言葉が見つからない。

寝台の上に寝かされ、ネグリジェに手をかけられた。

艶めいた声と扇情《せんじょう》的な笑みを向けられて、シャーリーの身体は硬直した。妖艶《ようえん》な色香が周囲に漂い始める。

「待って、あの、湯浴みは？」

身体も清められていない状態ですべてを曝《さら》け出すのは恥ずかしい。

「寝台ではなく浴室がいいのか？　急に大胆になったな」

なにか勘違いをしている。シャーリーは必死に首を左右に振った。

「ちが、違います！　まず身体を清めたいというお願いです」

「……」

沈黙が降りた。なにやら考えこんでいる。

「仕方がないな。面倒だが、俺が隅々まで磨き上げてやろう」

手首をぐいっと握られ、身体を起こされた。

「ひとりで大丈夫……」

「却下だ。その間俺にじっと待っていろと？　俺に何本薔薇を食べさせる気だ。俺は早くお前が食いたい」

ジークヴァルトがしたいと言えばそれがすべてだ。きっと白を黒に変えることもたやすいのだろう。

浴室に向かうと、浴槽にはすでに湯が張られてあった。温かな湯気が立っている。湯の表面には赤や薄桃色の薔薇の花びらが浮かべられており、よくイヴリンが飲ませてくれる薔薇水と同じ状態になっていた。

——きっと、イヴリンがしてくれたんだわ……。

どこまで見通していたのだろうか。気遣いが少し恥ずかしい。だが彼女から漂うのと同じ薔薇の香りを吸い込むと、わずかに緊張がほぐれてきた。

ふと、衣擦れの音がして顔を上げると、ジークヴァルトが目の前で服を脱いでいた。上半身が露わになり、その均整の取れた肉体に目を奪われる。

「男の裸は珍しいか」

からかうような声音だったが、シャーリーはよく考えなくても男性の裸を見たことがなかった。騎士の訓練場にも赴いたことがないため、生身の異性の身体を見るのはこれがはじめてだ。

くっきりとついた筋肉が美しい。抱き上げられているときも思ったが、ジークヴァルトの肉体はとても男性的だ。しなやかで鍛《きた》え上げられた体軀は均整が取れており、凹凸《おうとつ》のある皮膚の表面を思わず指先でなぞりたくなる。

「はい……そういえば殿方の素肌を見るのははじめてです」

好奇心が勝り、指先でジークヴァルトの胸元……胸筋の溝から腹筋までを滑らせるようになぞる。硬いけど滑らかな筋肉と皮膚の感触がした。

「っ……おい、くすぐったいぞ。俺を翻弄《ほんろう》するとはいい度胸だな」

「ごめんなさい、今のははしたない行為だったのかしら？」

ジークヴァルトはなんとも言えない顔をした。苦いものを嚙み潰したような、ままならないという表情だ。

「計算でやっているのでなかったら性質《たち》が悪いぞ。オルブライトでどんな教育を受けていたんだ」

「異性関係の教育なんて受けていないわ」

同じく、妖精と良好な関係を構築する教育も受けていない。

シャーリーは恐る恐るジークヴァルトに確認する。

「私に触れられるのは嫌ですか？」

ジークヴァルトは視線をさまよわせた。

ため息混じりに「別に嫌というわけではない」と呟いた声がシャーリーの鼓膜をくすぐる。自称嘘つきの彼だが、今のはきっと本心だ。

不機嫌に見えるが嫌がってはいないらしい。

人は、いけないとわかっていることほど、進んでやってみたくなる。はしたないとわかっていることでも好奇心が勝り、もう少しだけ翻弄してみたいという誘惑に駆られそうになった。

だがジークヴァルトはこれ以上シャーリーの好きにはさせたくないらしい。細い手首を摑み、片手でネグリジェを脱がしにかかる。

「お前は昔と変わらず悪戯娘《いたずら》だな。大人しそうに見えてその目は常に好奇心で輝いていた。随分とつまらん娘になったと思っていたが、本質は変わっていないらしい。俺の裸が気に入ったのなら存分に堪能すればいいが、お前がまだ服を着ているのは気に食わん」

「ひどい言いがかりだわ、昔から悪戯娘だなんて。私はいつも静かに過ごして……」

――あれ、今、なにか既視感を覚えたような……。いえ、男性の裸を見て既視感なんてあるはずがないわ。

その間に、ストン、と足元にネグリジェが落ちた。布が足首に絡む。

「え、ええ!?」

温かい蒸気がむき出しの肌を撫でた。ジークヴァルトの目の前に、なににも覆われていない胸を曝《さら》け出している。

「や……！」

秘所を覆う薄布一枚の姿になり、シャーリーは思わずその場に蹲《うずくま》った。手首はジークヴァルトに握りしめられたままなので、片腕のみ上げた状態だ。

くつくつと喉奥を鳴らす音がする。

「呆然と突っ立っていた間にすべて見られているぞ。今さら身体を隠しても遅い。ああ、それとも、俺の下衣を脱がそうと思っているのか？」

顔を上げると、シャーリーの目前にはジークヴァルトの下半身があった。上半身は服を脱いでいるが下はまだだ。

男性の衣服を脱がせるなど当然ながらしたことがない。先ほど触れたジークヴァルトの肌の感触まで蘇る。

「……っ！　そんなことするわけがありません」

手首を摑まれている力が緩んだ隙に、自身の胸元へ腕を引きよせる。身体を縮こめると、華奢なシャーリーはさらに小さくなった。背中を撫でる髪は温かいが、少々心もとない。

「子供の頃は、積極的に俺に抱き着いてきてはぺたぺた触れてくるほど大胆だったのにな」

「そ、そんなことしてないわ」

「記憶がないならわからんだろう」

——それは本当か嘘かどっちなの。

妖精王は嘘つきなのだと思い込まないと叫びたくなる。

シャーリーが震える小動物のように丸くなっている間に、ジークヴァルトはすべての衣服を脱ぎ捨てた。それからいとも簡単にシャーリーを立たせると、下着の紐をするするとほどく。小さな布地がはらりと落ち、秘められた場所が露わになった。

「～～っ！」

「来い、身体を洗ってやろう。妖精王の手を煩わせることができるのは花嫁だけだ。光栄に思え」

「思えません、嫌ですっ」

抵抗も虚しく、シャーリーは浴槽へと運ばれていく。

背後から抱きしめられる体勢で、岩でできた広い浴槽に肩まで浸かった。

──こんなに広いのに、どうしてすぐ後ろに……。近い、近いわ！

素早く離れようとするが、サッと腰に腕を回されてジークヴァルトのもとまで戻された。先ほどよりも密着度が上がり、シャーリーの体温も一気に上昇する。

「こら、暴れるな。溺れたいのか」

「ちが……、もっと離れて……」

「逆効果だぞ。嫌がられるともっとしたくなる」

背後からカプリと耳を食まれた。生ぬるい舌が敏感な耳殻《じかく》をなぞる。そのはじめての感触に思考が停止する。

ジークヴァルトが舌先で耳の輪郭をスーッとなぞった。ぞわぞわとしたなにかが背中から腰のあたりに這いあがる。

「ひゃ……」

「人間の子の成長は早いな。十三年前はもっと小さくて、同じ浴槽に入れたときはずっと見張っていないと危ないと思っていたが。子供特有のぽっこりした腹はなだらかになり、胸部は豊かに実ったな。色気はまだまだ足りんが」

最後の台詞は余計だ。

浴室は声が反響する。耳元で耳朶《じだ》に吹き込まれるように囁かれると、身体の中心部がもぞもぞと疼《うず》きだす。

ジークヴァルトの手がいたずらに動き始めた。シャーリーの腹をゆっくりと撫で、反対の手が胸に添えられる。形と大きさを確かめるように触れてくる手つきは妙にいやらしく、もどかしさを感じた。

――ダメ、すぐにのぼせそう……。

子供時代に妖精王と湯浴みをした記憶などもちろんない。だから、先ほどジークヴァルトが呟いていたことも嘘だと思いたいが、彼の懐かしそうな口調を否定するだけの材料はなかった。

「そんなに、触らないで」

「触らないとお前を洗うことができないだろう。イヴリンがせっかく薔薇の湯を用意してくれたのだから、堪能したらどうだ。美容効果もあるそうだぞ」

イヴリンの肌を思い出す。白磁のように滑らかで、ほんのりと薄紅に色づく頬が愛らしい。……確かに、美容効果はありそうだ。

ジークヴァルトが湯をすくい、シャーリーの肩にかけた。そのまま肩の丸みを撫でられるとくすぐったくて身をよじりたくなる。

「ん……」

薔薇の湯は香りもいいが、ゆっくり堪能できるほどシャーリーの神経は図太くない。ジークヴァルトの不埒な手が胸のあたりでもぞもぞと動いているからだ。中心部に触れそうで触れないもどかしさがシャーリーの身体を熱くさせる。

——なんか、変な感じだわ……。下腹部も……。

お尻に当たる熱くて硬いものがなんなのか、わからないほど無知ではない。意識を向けないように別のことを考えようとするが、自分とは違う身体の構造がどうなっているのか、興味がないとも言えない。

——ダメよ、そんなの。やっぱり少し離れないと。

シャーリーは肩を揺らした。

何度もジークヴァルトの拘束から抜けようとすると、ようやく彼も許してくれた。身体に回っていた腕の戒めが解ける。

「さすがに溺れ死ぬことはないか」

「当たり前よ。それに、湯浴み中に寝たりもしないわ」

今も意識ははっきりと保たれているので問題ない。

浴槽の反対側まで移動して彼との距離を空けるが、そこで振り返ると、真正面からジークヴァルトの姿を目の当たりにしてしまう。

外は日が落ち始めている。窓から差し込む光の量はそれほどないというのに、薄暗くなってきた浴室内でもジークヴァルトの美貌は陰らない。それどころか、水の滴る姿が扇情的で目に毒だ。

視線を逸らしたいのに逸らせず、顎から首筋に落ちる雫を見つめてしまう。

——男性なのにとても色っぽいのは、妖精だからなの？

シャーリーが見かけた妖精は皆見目が麗しかった。婚姻式の聖堂では奇抜な衣装に身を包んでいる者が多かったが、容姿は社交界の話題を集めるだろうほどの麗しさだった。中でも一番輝いていたのがジークヴァルトだ。

「日が落ちてきたな。のんびり入るのはまた後にするか。人は夜目が利かないのだろう？」

ジークヴァルトが立ち上がった。長身の彼が立つとお湯の量が一気に減る。肩まで浸かっていたのに、胸元近くまで露わになってしまった。

「ロッティ」

つい声をかけられたほうへ視線を向け、すべてを曝け出した彼の姿を直視してしまう。

「——っ！」

身体についた薔薇の花びらを少々鬱陶《うっとう》しそうに剝がす彼の身体の中心には、絵画ですらぼやかして描かれていた男性器がまっすぐ天を向いていた。思わず息を呑んでしまう。

普段がどういうものなのか、人間と同じ構造なのかもシャーリーにはわからない。

——だめだわ。はしたない……！

好奇心に負けてついじっと見つめてしまったが、淑女としてあるまじき行為だ。

「出るぞ」

「待って、自分で……ひゃっ」

──そんな状態で近寄らないでほしい……！

シャーリーの腕は簡単に妖精王に取られて抱き上げられてしまった。シャーリーの身体にもいたるところに花びらがくっついているがお構いなしだ。そのまますたすたと全裸で歩き、運ばれたのは寝台の上だった。

寝台の上には乾いたタオルが置かれていた。これを用意したのもイヴリンだろうか。

ジークヴァルトがタオルを一枚手に取り、シャーリーの身体の水気を吸い取ってくれる。

「あの……、自分で拭《ふ》きます。あなただって濡れたままでしょう」

「すでに乾いている」

先ほどまで自分と同じく濡れていたのに、彼は身体だけでなく髪の先まで乾いていた。

あの短い時間でどうして、と疑問に思うが、きっと妖精王ならば普通のことなのだろう。

身体に付着していた薔薇の花びらを一枚剝がされる。ジークヴァルトはそれを捨てることなく己の口に含み、咀嚼《そしゃく》する。

「……おいしいの？」

活けられていた花とは違い、浴槽に浮いていたものだ。薔薇の香りも薄れ、成分だって流れてしまっているはずだが。

ジークヴァルトは「少しはロッティの味がするかと思ったが感じないな」とのたまった。

かしい。

「やはりお前の感情じゃないと腹は膨れんし味気ない」

タオルを取られ、寝台の端に放られた。一糸纏わぬ姿を彼の目前に晒すのはやはり恥ずかしい。

「な……当たり前です」

身体が緊張し、強張る。

覆いかぶさってこられると、どこを見たらいいのかわからない。

「俺の目を見ろ。逸らすことは許さん」

ジークヴァルトの顔が近づき、吐息まで伝わりそうだと思った瞬間、シャーリーの唇がふさがれた。

柔らかい唇が己のものをふさいでくる。聖堂での婚姻式以来だ。慣れない行為のため、息継ぎの仕方がわからない。

「ロッティ、鼻で呼吸しろ」

そう言われた直後、ジークヴァルトに唇を甘く噛まれた。

「ん……っ！」

痛みは感じないが、本当にこれから食べられてしまいそうで肌が粟立つ。噛んだ箇所を舌先が優しくくすぐってくる。

「あ……やぁ……んんっ」

口での呼吸は苦しくなるだけだ。鼻呼吸を意識しろとばかりに、シャーリーの口内がジークヴァルトに攻め入られる。肉厚の舌が逃げ惑う舌を追いかけ、上顎も下顎もざらりと舐められた。

——や、舌が口の中に……！

こんなふうに舌を擦りあわせる深い口づけなど知らない。絵本や書物の中では唇をそっと合わせるだけの描写しかなかった。

生々しい感触が身体の内部を熱くさせる。ぞわぞわとした痺れが背筋を這いあがり、飲み込みきれない唾液が口の端からツーッと垂れた。

思考が霞み、ぼうっと酩酊《めいてい》状態になる。吹き込まれる息もジークヴァルトの唾液もなんだか甘い。

ジークヴァルトの目が淡く光った。漏《も》れ出る感情を喰われたのだ。

「いい顔をしている。お前の口づけは甘いな。快楽を得るともっと甘みが増しそうだ」

艶を含んだ声で囁かれる。甘く感じたのは自分だけではなかったらしい。

大きな手で頬、首、鎖骨を撫でられた。触れられている箇所に神経が集中し、知らず呼吸が乱れてくる。身体が熱く変化していく理由がわからない。ジークヴァルトを愛しているわけではないのに、身体も心も乱されていく。

——私が私でなくなるみたい……。

「あぁ……っ」

強く乳房に吸い付かれ、あられもない声が漏れた。じわじわと羞恥心が増し、心臓の鼓動が速くなる。

――心音が伝わりそう……っ。

「鼓動が速いな。この程度でばてていたらもたないぞ？」

肌に吹き込むように笑っている。湿った吐息がシャーリーの肌をくすぐり、余計鼓動が落ち着かない。

「誰のせい……」

「俺のせいだな。ああ、その目は悪くない。顔を赤らめ涙目で睨むくせに恥ずかしがる。お前は感度が増すと、酒を飲んだときのような味になるな」

シャーリーが快楽を感じると、彼に甘みと酩酊感を与えるらしい。それはシャーリーも同じ気持ちだ。ジークヴァルトに翻弄されるほど、身体が熱くなりくらりとする。

豊かな胸はジークヴァルトのお気に召したらしい。彼は柔らかく張りのある乳房を手のひらで包み込むように揉み、淡く色づく乳輪を指先でくるりとくすぐった。

「んぁ……くすぐった……」

「ここがぷっくりと膨れてきたぞ」

くるくると胸の頂付近を指先でいじられる。直接触れられていないのに、先端が存在を主張してきた。身体はこの先の快楽を期待しているのかと思うと、シャーリーの呼吸がさらに熱く乱れてくる。

「はぁ……っ、んぅ……」

いじっていない反対側の胸をジークヴァルトが舐めた。胸の先端をざらりとした舌先がくすぐってくる。はじめての感触がシャーリーの身体に熱を灯し、下腹部が甘く疼きだした。

——なんか、変……。お腹の奥がキュウッて……。

胸をいじられ、赤く膨れた蕾《つぼみ》を強く吸われる。びりびりとした電流が頭の芯を痺れさせた。反対の胸も指先でキュッと頂をつままれ、シャーリーの素直な身体は次々と快楽を拾おうとする。

「淫らな赤い実だな。もっと食べてほしいと誘ってくる」

「ヤ、しらな……、あぁっ……」

唾液でまみれた胸がとてもいやらしく目に映る。自分で触れていてもなにも感じないのに、何故ジークヴァルトの手でいじられると変な気分になるのだろう。

恥ずかしさとはじめての快楽を感じ、シャーリーは思わず目を逸らした。

しかし、ジークヴァルトは逃がさなかった。

「目を逸らすなと言ったはずだぞ。俺を見つめ続けろ」

へその下に手を添えられて、下腹を撫でられる。触れられている箇所がじんわりと熱を帯びた。

「え、なに……」

手の体温とは違う熱がシャーリーの下腹部に流れ込む。ジークヴァルトが手をどかすと、そこには花の蕾のような模様が刻まれていた。

「俺の精気がお前の身体に馴染むと、この蕾が変化する。ここに花が咲いたら、過剰な睡眠をとることもなくなるし、不調も消え、俺の子も孕《はら》むことができるようになる」

今は蕾だが、満開の花が咲いたら身体が完全にこの世界に馴染んだ証になるということか。それに、子供も宿すことができる。

――子供……妖精王《ジーク》との子供？

生殖行為をするのに、何故だかジークヴァルトとの子供について失念していた。今すぐできる可能性は低いと知り、少し安堵する。シャーリーにはまだ母親になる覚悟も心の準備もできていなかった。

「……今は俺に集中しろ。快楽に溺れればいい」

ふたたび唇がジークヴァルトに奪われた。甘く蕩けるような口づけが、シャーリーの意識をふわふわしたものに変えていく。

嫌悪感はない。本当に嫌いな人となら、唇を合わせるなど気分が悪くなるはずだが、不思議と心地いい。妖精王以外と口づけを交わしたことはないけれど。

ぴちゃぴちゃと淫靡な唾液音が響く。

先ほどまで触れられていた下腹部が、触られていなくても熱を帯びたように熱い。膝を擦りあわせるように脚を動かせば、唾液音とは違う水音がくちゅりと響いた。

――嫌、なにか湿った感触が……。

あらぬところが濡れている。月の障りは妖精の世界に攫われる前に終えているので翌月までないはずだ。

身体の隅々まで見られたあげく、粗相をしただなんてジークヴァルトに知られるのは嫌だ。情けない気持ちにさせられる。

「なんだ、そんな泣きそうな顔をしたら嗜虐心が刺激されるぞ」

最後の言葉が怖い。

「意地悪なジークは嫌です」

「ふぅん？　では優しい俺は？」

「……好きになれるかもしれな、い……んっ！」

胸の飾りをキュッとつままれ、噛みつかれるような荒々しい口づけが襲ってきた。両胸を揉みしだかれながら呼吸を奪われると、酸素不足になる。

「優しい俺が欲しいなら、それ相応の対価をよこすんだな」

その言葉自体がすでに優しいとは思えない。だがシャーリーは気づいていた。口ではそう言うけれど、シャーリーに触れてくる手つきは乱暴ではない。

「俺に嘘をつくことは許さないぞ」

――自分のことは嘘つきだって言うくせに……。

内心では反論したくなるが、呼吸が乱れているのでそんな気力もわかない。

そこへ、泣きそうな理由についての説明を求められた。

「その……私、粗相を……」

「どんな？」

詳細を求められ、シャーリーは泣きたくなった。羞恥心による涙を堪えるのははじめてだ。

「股の間に潤いを感じて……恥ずかしいのです。あまり見ないでくださ……ひゃあっ」

「ほう？」

ジークヴァルトはシャーリーの願いとは真逆の行動に出た。両膝を立たせ、グイッと開脚させる。

「イヤ……っ」

「こんなにも濡らしていたのか。これならすんなり指も入るな」

「んぁ……、なに……なんで、指」

自分ですらあまり触れたことのない箇所をジークヴァルトが触れてくる。指で溝を撫でられただけで、くちゅんと水音がした。

「あ、あ……やだ、そんな……」

手で耳をふさぎたい。

「ロッティ、耳をふさぐことも声を我慢することも許可していないぞ」

ジークヴァルトの指が、蜜を零すシャーリーの泉へ侵入する。たっぷり蜜を含みぬかるんだそこに、指は難なく一本入った。

「指……なんで、いれるの？」

そんなこと教育係に習っていない。情事の詳しい段取りも知らされていないのだから当然だ。

男性器を受け入れるという行為が純潔を失うことになるのだと理解はしているが、今のシャーリーには深く考えることができなかった。

浅いところを抜き差しされる。カリカリと入口を引っ掻かれると、子猫が鳴いたような嬌声が零れた。

「ンぅ……っ」

「俺の花嫁は思った以上に無知だな。教え甲斐がある」

とろりとした蜜を纏わせたジークヴァルトの指を見せつけられる。てらてらと光る透明の雫は、自分がこぼしたものだと理解した。

「や……、ごめんなさ……」

「人間の女は快楽を得ると蜜をこぼす。雄を引き付けてやまないものだ。だが、これは俺だけしか舐めることができないし、他の雄には舐めさせない」

生理的な現象なのだと言いたいのだろうか。粗相をしたのではなく、快楽を得ると零れるものなのなら恥ずかしくはないかもしれない。

しかし舐めなくてもいいのではないか。

ジークヴァルトはシャーリーのもので濡れた指をこれ見よがしに舐めてみせた。舐める仕草も扇情的で、いけないものを見ている心地にさせられる。

いくら湯浴みをして身体を清めているとはいえ、不浄な場所から出ているものが綺麗だとは思えない。それを丹念に舌先で舐めている。

「――……っ」

心臓がいくつあっても足りそうにない。

「この蜜も、お前の感情も、どんどん甘さが増すな。そろそろ酔いそうだ」

ジークヴァルトの目尻がほんのりと赤い。余裕があるように見せていたが、限界が近いのかもしれない。

満足するまで蜜を舐めとると、ジークヴァルトはシャーリーの手を摑み、その美麗な容姿からは想像できないほど雄々しく勃ち上がった己の欲望へと導いた。

「――ッ！」

握らされたものはジークヴァルトの男性器だ。

――なにをさせるの……！

太くて熱くて、血管が浮き出ている。握った手のひらから脈を打っていることまで伝わってくる。

絶句していると、ジークヴァルトはシャーリーの手の上に己の手を添えた。

「これがお前の胎内に入る前に、指と舌を使って中をほぐす。十分に柔らかくなれば問題なく俺のものがお前を貫くことができるが、まだ準備は整っていない」

「……………無理だわ」

指とは比べものにならない質量だ。こんなものを指を一本しか受け入れていない場所に入れるなど、正気の沙汰とは思えない。

シャーリーはようやく理解した。女性が蜜を零すのも、摩擦が少しでも起きにくくするためなのではないか。身体を守るために粗相をしたかのような液体が零れるのだとしたら納得がいく。

「お前の手で握られているのも悪くないが、きちんとここに注がなければな」

下腹部の模様を指先でなぞられた。知らず腰がぴくんと跳ねる。

ジークヴァルトの呼吸も荒い。彼の額にはじんわりと汗が浮かんでいる。

シャーリーの手を外すと、彼は膝を立たせた彼女の中心部へ顔を寄せた。愛液をこぼす泥濘《ぬかるみ》に直接舌を這わせる。

「あ――っ」

先ほどよりも大きく腰が跳ねた。指でかりかりと引っ掻かれていた箇所に今度はジークヴァルトの舌が侵入してこようとする。そしてその上にある花芽に強く吸い付かれ、シャーリーの嬌声が甘さを増した。

「アアァッ……！」

背筋にびりびりとした電流が流れる。視界が一瞬白くぼやけた。

ジークヴァルトは容赦なくシャーリーを高みへと昇らせる。舌先で花芽をいじり、強く吸い付いてはカリッと歯を立てた。その瞬間、コポリと大量の蜜が溢れ出た。

「蜜の香りが濃いな」

太ももを強く摑まれている感触も、ジークヴァルトの声も、シャーリーを高める要素となる。蜜を吸われる音が響き、断続的に嬌声が漏れた。

「ああ、あ、ンァア……ヒャア……」

あらかた舐めとると、今度は中の蜜もよこせとばかりに舌が差し込まれた。ざらりとした舌の感触を敏感に感じ取り、ぞわぞわとした震えが止まらない。

未開通の場所に異物が侵入してくるが、痛みは感じなかった。むしろもっと奥を触ってほしいとまで思ってしまう。

――私……、どうして。もっと満たされたいと思ってしまう……。

身体の奥が切なさを訴える。求めているのはジークヴァルトの舌ではないのだと言いたくなってしまいそう。

そんなはしたないことは言えないのに、彼を求める欲が確かにあった。それはジークヴァルトの精を身体に受け入れないと不調が治らないから、生存本能が訴えているものなのか、心が求めているものなのかはわからない。

「ジーク……」

熱に浮かされた表情でジークヴァルトを見つめる。酷薄な冷笑が似合う顔からは今や余裕が消え去り、獣のようだと思えた。

「ロッティ、力を抜いておけ」

熱い杭がひくつく入口に押し当てられる。緊張で身体が強張りそうになるが、ジークヴァルトの声を思い出し、意識的に息を吐き出した。

「ンン……っ」

隘路《あいろ》をみちみちと押し広げられる。その感覚は指や舌とは比べものにならない。みっちりと隙間なく埋めてくる。内臓が押し上げられて苦しい。十分に潤っていた中が引き伸ばされ痛みが走った。

「──っ！」

「ク……、まだ早かったか……」

ジークヴァルトの汗がぽたりとシャーリーの胸に落ちた。苦しげに表情を歪めている姿を見て、強張っていた身体からわずかに力が抜ける。

──ジークも同じ？

苦しいのは自分だけではない、彼もそうなのだと思えると自然と腕が伸びていた。ただ縋りたかっただけなのか、それとも甘えたかったのか。ジークヴァルトの首に腕を回し、自分から彼に抱き着いた。

「……っ、ロッティ」

掠れた声が鼓膜を震わせる。互いの汗で湿った体温を感じながら、時間をかけてシャーリーは最奥までジークヴァルトを受け入れた。

苦しくて痛い。この行為は誰とでもできるものではないのだと実感した。まったく好きではない相手を受け入れるのは想像しただけでもおぞましい。

気持ちが伴わない行為は苦痛なだけだが、ジークヴァルトはシャーリーにできるだけ痛みや苦しみも与えまいと気遣ってくれた。素肌で抱き合うと互いの鼓動と体温を共有できているような気持ちになる。

「痛むか」

「苦しい……」

少しでも動かされると辛い。内部がじんじんとした痛みを訴えている。

だがしばらく時間を置くと、徐々に痛みは薄まってきた。呼吸も落ち着いてくる。

シャーリーの様子を注意深く見守っていたジークヴァルトが「動くぞ」と声をかけた。

浅く深くゆっくりと律動が開始され、シャーリーの身体は次第に痛みより快感が大きくなる。

「アア、ァア……ン」

触れられる箇所に神経が集中し、小さな快楽もひとつ残らず拾い上げる。伝わってくる熱も痛みも快楽も、すべてが生々しくこの身に刻み込まれそうだ。

少しでも反応したところは容赦なく攻められて、なにもわからなくなる。痛みよりも気持ちよさが蓄積され、快楽が増していく。思考は役目を果たさず、ただひたすら快楽を享受しようとする。

「身体は貪欲だな。俺に喰らいついて放さない」

入口付近まで引き抜かれると、シャーリーの中は強く収縮するのだそうだ。知りたくもない情報を、ジークヴァルトは嬉々として聞かせてくる。

ふるふると揺れる乳房も揉まれ、赤く熟れた小さな実をキュッとつぶされた。わずかな痛みも気持ちよさに変わるなどはじめての経験だ。あられもない声がひっきりなしに漏れて止められない。

「ああァ……ン、あっ、アアッ……」

「ロッティ、お前の夫は誰だ」

「んぁ……っ、ジーク……」

「お前を抱いてるのは誰だ」

「ジー、ク……っ」

じゅぶじゅぶと卑猥《ひわい》な水音を響かせながら、ジークヴァルトが問いかける。この行為を身体だけでなく記憶にも刻むように、容赦なく攻め立てながらシャーリーに問いかけを続けた。

「お前を抱いていいのは誰だ」

「っ……ん、ジーク、だけ……っ」

「いい子だ、ロッティ。そうだ、俺の子を孕むのもお前だけだ」

仄暗い光を目に宿し、ジークヴァルトがシャーリーの花芽を指先でグリッと刺激する。

その瞬間、彼女の膣壁はキュッと強く収縮し、ジークヴァルトに射精を促した。

「アア――っ」

「――クッ！」

最奥を二度三度と突いた直後、ジークヴァルトが白濁を注ぐ。吐息混じりの声がシャーリーの鼓膜を震わせた。

ドクドクと彼の飛沫《ひまつ》がシャーリーの子宮に注がれている。じんわりと広がる熱とともに、下腹部に刻まれた模様が一部変化する。蕾がゆっくりとほころんだ。

——あつい……。

妖精王の精を受け入れると模様が変わるとは聞いていたが、即効性のあるものだとは思わなかった。

これで終わりなのだと悟るが、ジークヴァルトの雄はシャーリーの中から出て行こうとしない。そのままの状態で抱きしめられて、少々重い。

「しばらく栓《せん》をしておかないと、せっかく注いだものが零れ落ちるからな」

「う……ん？」

「今日のところは一度で終わらせてやるが、これからはもっと俺の存在を刻み込むからな。覚悟しておけよ」

言っていることはやや物騒だが、頬を撫でる手つきは優しい。

耳元で囁かれた言葉を深く考えることなく、シャーリーは意識を手放した。

第四章

妖精王の私室は数部屋をぶち抜いてひとつの部屋にしているためとても広い。ガラスの床には魚が泳ぎ、天井には室内にいても屋外と同じ空が映し出されている。そんな不思議な部屋の中、ジークヴァルトは銀の水盆を覗き込んでいた。

二人分の顔が映せるほどの大きさだ。水盆に張られた水に、植物から抽出された特殊な液体を一滴落とす。透明だった水が青く染まり、しばらくするとジークヴァルトではない別の場所が映し出された。

妖精王が覗き見をしているのは、シャルロッテの嫁ぎ先だったアウディトレア王国だ。シャルロッテの代わりを演じているエスメラルダの様子を窺うべく、慎重に水盆の景色をじっと見つめる。

古から契約を結んでいるオルブライトと違い、アウディトレアは妖精王にとっては言わば管轄外だ。国境の外の土地は、妖精王もたやすく行き来ができない。様子を覗き見するにしても制御が難しく、またこちらの世界から手を出すことも難しい。力のない妖精はその存在が消えてしまうほど、オルブライト以外の土地は妖精にとって生きにくい場所だ。

何度も水盆の縁を叩き、ようやく水面が切り替わった。

映っているのは、オルブライトの第一王女と同じ容姿をした美しい少女だ。金色の髪を結い上げ、質のいいドレスに身を包んでいる。憂いを帯びた表情は儚げで、本物より成熟した顔立ちに見える。

そのエスメラルダと直接話すため、ジークヴァルトは周囲にいた鳥の意識を乗っ取ることにした。都合のいいことに、彼女は外でお茶を飲んでいた。周囲には護衛の騎士と侍女が待機しているが、会話が聞こえる範囲にはいない。

鳥を遣わせると、エスメラルダの視線がジークヴァルトとぴたりと合った。本来の彼女の目は濃い緑色だが、今は瞳の色も妖精の術で妖精色に変えていた。普通の人間には別人であることを見抜けるはずがない。

——体力を消耗しているようだな。

妖精の力が及ばない土地に長期間滞在するのは、よほど力のある妖精でないと負担が大きい。エスメラルダは妖精王の身内のため、簡単に消えることはないが身体は怠そうだ。

【問題はないか】

単刀直入に話しかける。鳥を使っているため、長く会話を続けられない。

エスメラルダのテーブルの上に突如現れた小さな白い鳥を不審に思う者はいなかった。

他愛ない戯れに見えていることだろう。

彼女はわずかに目を瞠ったが、焼き菓子を鳥に食べさせるふりをして話し始めた。

「ええ、なんとか。時機を見つけて私は死んだことにし、そちらへ帰ります」

気怠げな声だ。常に自信に溢れていた妹のものとは思えない弱音に、ジークヴァルトも思わず眉をひそめた。鳥に眉はないので相手には伝わらないが。

撤退時期については彼女の判断に委ねたいところだが、ジークヴァルトはひとつ命令を下した。

【オルブライトの王族が婚姻式にやって来る。身内なのだからさすがにお前が偽物だと見抜くだろうが、見抜けぬ愚か者なら目の色を戻して気づかせろ。他は余計なことは喋らず、完璧にシャルロッテを演じて周囲を騙しとおせ】

「……つまり身内には気づかせて、それ以外は騙したままということね？」

【本物の娘が妖精に攫われたと知り絶望する姿を見たくてな。そのくらいの楽しみは残しておけ】

言いたいことだけを言い、ジークヴァルトは鳥を解放した。鳥は人間の容姿をした妖精に気づき、驚いて羽をはばたかせて去ってしまう。

「……あら、残念。嫌われてしまったわ」

エスメラルダは動物が好きな心優しい少女に見せるため、少々わざとらしい台詞を呟いた。

　彼女の様子を上から覗いていたジークヴァルトは、水盆の縁をまた三回叩く。外の様子を映していた水盆からスッと光が消えた。

「さて、実の娘ではないことに気づくか、気づかぬ愚か者どもか……」

　オルブライトの現国王の姿を思い出すと、苦々しい気持ちがこみ上げてくる。

　かの国が建国できたのも、豊饒な地であり続けているのも、天災が起こらないのも、すべて妖精と交わした古の約束のおかげだというのに。

　妖精は人の感情を好む。人がいなければ長くは生きられない。人と共存できる地が欲しかったかつての妖精王が、オルブライトの初代国王と契約を交わしたのが始まりだ。オルブライトは大陸の中でも小国ながら一度も王家が代わることなく、長い歴史を誇っている。その裏に妖精の恩恵がなかったとは言わせない。

　――人に不変はありえない。人は簡単に忘れることができる。実に都合がいいな。

　大事な約束も、大切な記憶も。都合のいいように解釈し、悪いところを排除しようとする。

　――国を継ぐ者が正しく先人たちの意志を守れなければ、あっけなく滅ぶこともわかっていない。取り返しがつかなくなってから、せいぜい後悔するといい。奴らの懺悔する姿でも見られたら多少は溜飲が下がるかもしれん。

「メレディス、この盆を下げておけ」

「承知しました」

頭を下げるのは妖精王に仕える侍女のひとりでスズランの妖精だ。外見はシャルロッテより少し年上に見える、すらりとした長身の女性だ。薄緑色の髪には小ぶりなスズランの髪飾りをつけている。

後片付けを侍女に任せ、ジークヴァルトは寝台に向かった。天蓋から下がっているカーテンを開けると、生まれたままの姿で妖精王の花嫁が眠っている。

起こさないよう自身も寝台に乗り上げ、至近距離からその寝顔を眺めた。彼女の首元や胸元には情事の痕が色濃く残っている。

白い肌に刻まれた赤い鬱血《うっけつ》は、ジークヴァルトの支配欲を刺激する。自分だけが彼女の夫と名乗り、その身を穢《けが》せるのだと思うとなんとも言えない満足感がこみ上げる。

彼女の感情は日に日に濃くなっていた。はじめはなんとも味気ないと思ったが、傍に居続け根気よく構っていると、徐々に強い感情を見せるようになってきた。

苦味、酸味、辛味以外の味の変化は好ましい。恥じ入り、快感を得ているときは甘さと酒精が混ざった味がした。少し味わうだけで中毒になりそうだ。

「眠る顔には昔の面影が残っているな」

頬からは昔のような子供らしいまるみが消えている。あの弾力のある感触がもう味わえないのは少々つまらないが、その代わり豊かな膨らみができた。ジークヴァルトの手にも余るほどの柔らかな双丘は赤く色づく実も含め、己の劣情を大いに煽《あお》る。

ジークヴァルトがはじめてシャルロッテと出会った日は、雲のない満月の夜だった。

オルブライトの王家に赤子が生まれると、妖精王は祝福のために会いに行く。妖精王は非常事態でない限り人間に姿を見せない。互いの領分に口を出さないというのも約束のひとつだからだ。そのため歴代の妖精王も、王家の子供が生まれると、ひっそりと顔を見に行っては誰にも知られず去っていた。

もし妖精色の強い子供が生まれていたら自分の花嫁にする必要がある。人でも妖精でもないその子は存在が曖昧で、病にかかりやすくなり、人の世界では長く生きられないからだ。

妖精色を宿す王家の子供は決まって女児だ。目の前の赤子の目の色を確認すると、片目が青、もう片方の目が緑に金が混じったオッドアイだった。

まだ満足に目も視えないはずなのに、赤子は妖精王の存在に気づいた。怯えて泣くかと思いきや、きょとんとした顔でじっと見つめ続けている。妖精の姿は人には簡単に見えないはずだが、やはり妖精の血が濃いらしい。

赤子は無垢《むく》な表情でこちらに笑いかけ、小さな手を伸ばしてきた。見知らぬ者を見ても泣かないどころか媚《こび》を売るとは、人間の子の処世術なのだろうか。すぐに懐くなりそうな脆弱な存在。これは目を離したら大変なことになる。妖精王は赤子の額に触れ、怪我をしないよう加護を与えた。

妖精王は自分の花嫁候補となる子供の成長を気にかけていた。死んでいないかを確認するため、夜になればひっそりと様子を窺いに来る日が続いた。

子供の成長は早く、あっという間にひとりで歩けるようになり、言葉を話し始める頃には夜中に寝台を抜け出すほど活発になっていた。

妖精色の目を持った子供は妖精の姿が見える。花の精気を吸いに集まっていた妖精を、シャルロッテが手で摑もうとしたのを慌てて止めたこともあった。

『こら、やめろ。それは玩具《おもちゃ》じゃないぞ』

小さな妖精はピュッと逃げた。

姿を現すつもりがなかった妖精王は少々気まずい気持ちになった。サッと踵を返そうとするが、見た目にそぐわない力強い手が服を摑んで放さない。その表情は好奇心と生命力に溢れ、とても興味深かった。

まっすぐに見つめられると、どうも居心地が悪い。だが純粋な眼差しが自分だけに向けられているのは悪くない。

試しに一口感情を味わうと、驚くほどに口に合った。雑味のない素朴な味わい。苦さも辛さも知らない無垢な味だ。

『だぁれ？　わたし、ロッティよ！』

『名前はないな。それは俺の花嫁がつけるからだ』

『はなよめさん？　じゃあロッティがなってあげる』

小さな花嫁候補が妖精王の足にぎゅっとしがみついた。なかなか力強く、しばらく離れそうにない。

仕方がないので妖精王はその場にしゃがみ、金の巻き毛にポンと触れた。髪には小枝が絡まっていた。いったいどんな遊びをしていたのかと活発な娘に笑いがこみ上げる。

予測がつかない面白い生き物だ。

妖精王が人間の子供と触れ合ったことはこれがはじめてだった。

人見知りもせず、見知らぬ男の花嫁になってあげると言うなんて怖いもの知らずだ。上から目線なのに不快に感じないのも珍しい。

『ほう、お前は俺の花嫁になりたいのか』

意味はわかっていないだろう。まだ三歳ほどの幼児なのだから。

だがシャルロッテは問いには答えず妖精王の膝の上によじ登り、座り心地のいい場所を探し始めた。動物的な仕草だと思いながら次の行動を見守る。

『なる！　あなたのおめめ、きれいだから』

にっこりと笑った顔が愛くるしい。体温の高いこの生き物が不思議な存在に思えた。

物怖じせず、いきなり懐かれた経験は一度もない。子供とはこういう生き物なのだろうか、それともシャルロッテだからだろうか。

遅かれ早かれ、妖精王はこの娘を攫うつもりだった。元気なうちは親元にいたらいいと思っていたが、花嫁になると承諾したのなら話は早い。さっさと城に連れ帰り、自分の手元で育てればいい。人の子供など育てたことはないが、なんとかなるだろう。

このフニフニした生き物を手元に置きたい。なにかに執着することなど一度もなかったが、小さな手が自分に縋ってくるのは悪くない。

シャルロッテは警戒心がない。妖精王の腕の中でいつの間にか寝息を立ててしまったので、彼はそのまま自分の城に連れ去った。花嫁になると了承したのだから問題ないと考えたのだが、さすがに城の従者に驚かれた。

人間の子供を育てる知識もない、準備が整っていない。また、シャルロッテの身代わりとなる妖精の選別も終わっていない段階で攫ってこられたら困ると、人間のような常識を持ち出されたので、その日はしぶしぶシャルロッテを元の部屋に帰したのだのだった。

次に会いに行くと、シャルロッテは夜中ずっと起きていた。お気に入りの絵本を持っていて、妖精王に気づくとすぐに近寄ってくる。

『わたし、ジークとけっこんしたいの！』

『ジーク？　誰だそれは。もう浮気宣言か』

大人げない言葉も幼い子供には伝わらない。だが押し付けられた絵本を見ると、その中の男がジークヴァルトという名の騎士だった。姫と騎士の物語を気に入っているらしい。その男と結婚したいと思うほどに。

『だからね、ジークのなまえあげるわ。ジークヴァる、トっていうのよ』

『ジークヴァルト？』

にこにこと笑いながら頷かれる。

名前を与えられた瞬間、妖精王はシャルロッテと絆が生まれ、簡単には切れない繋がりができた。シャルロッテ自身は気づかないが、妖精王は今後離れていても彼女の存在を感じ取ることができる。

『俺に名前を与えたからには、お前は絶対に俺の花嫁になるのだぞ』

『おまえじゃないわ、ロッティよ！　ロッティってよばないと、ダメなのよ』

可愛らしい願いを口にされ、ジークヴァルトの口元もほころんだ。この感情がなにかはわからないが、悪くない。年頃になれば彼女の感情にも深みが出て、成熟した味になるだろう。きっと美味くなるに違いない。

そのうちシャルロッテはジークヴァルトを追って鏡の中をすり抜けるようになった。人間が妖精の世界を行き来するなど、花嫁でも前例がない。城の人間が寝静まった少しの時間を共有し、秘密の逢瀬を重ねていたのだが、成長するにつれてシャルロッテの身体に不調が起き始めた。頻繁に熱を出し、寝込むようになったのだ。

　夜中、高熱を出してうなされている姿を見て、ジークヴァルトは静かに問いかけた。

『このまま死にたいか、それとも生きたいか』

　人として死ぬか、人ではない存在になってでも共に生きたいか。

　五歳の少女には過酷な選択だ。だが、このまま苦しむ姿を見続けるのは、どうしてか嫌な気がした。そのような感情を持つこと自体、妖精王にとってははじめてだった。

　たとえシャルロッテが死んだとしても、次の花嫁候補が生まれるまで待てばいい。百年ほどかかるかもしれないが、妖精王は長命だ。人間の子の成長は早い。少し辛抱すればいいのだ。

　だがそのとき、己に付けられたこの名前は捨てるのだろうか。

　小さな少女が付けた名前を捨て、別の名前で呼ばれることを想像すると違和感を覚えた。不満や不快感に似ている。胃の奥が落ち着かない。

　シャルロッテはジークヴァルトの姿を見つけると、小さな手を彼に伸ばした。彼女が『生きたい』と願ったから、ジークヴァルトは己の魂の欠片を彼女に分け与えた。

　三日間、療養のため妖精の世界に匿《かくま》った。四日目には両親を恋しがったシャルロッテをオルブライトの城に戻した。

　そこからの生活が、天真爛漫だった彼女の性格を変えてしまうなど思いもしなかった。

シャルロッテはジークヴァルトと過ごした思い出を忘れ、妖精も視ずに成長した。すぐ近くにいたのに、妖精界との繋がりがあるものはすべて遠ざけられて幽閉状態になった。宝石も花も植物も。鏡すら与えられず、殺風景な部屋にひとりで過ごしていたことを想うと、彼女を苦しめた国王と王妃に同じ不自由な生活を送らせたくなる。

「お前は俺の唯一無二の花嫁なのだぞ。お前を生き長らえさせたのは誰だと思っている。お前は俺のものだ、ロッティ」

身体は手に入れた。だが心も手に入れられたのかはわからない。

「少しは俺に媚びたらどうだ。昔みたいに、屈託なく笑ってみせろ」

はじめは再会を喜んでくれると思っていた。一度も顔を合わせず、十数年が経過したのだから、ぎゃんぎゃん噛みついてきても寛大な心で受け入れてやろうとも。

だがまさか拒絶されるとは思ってもいなかった。

シャルロッテはジークヴァルトとの記憶が抜け落ちており、好きであるどころか興味すら持っていない様子だった。

なんて憎らしいのだろう。人間の女はこうも薄情なのか。

いや、もしかしたら、幼い頃の高熱のせいで忘れてしまったのかもしれない。人間がこれほど脆弱な存在だとは思いもしなかった。

会えない期間に想いを募らせるのが人間の女ではなかったのか。少なくとも、シャルロッテが好きだった絵本の姫君はそうだった。何度もせがまれ読まされたのだから覚えている。一途にひとりの騎士だけを想い、離れている間も待ち焦がれていた。その騎士の男の名前をつけられたのに、それすら忘れられているとは。

頼る相手も縋る相手も、伴侶となった自分しかいないのだと実感させてやりたい。

花嫁を攫うとき身代わりの妖精を選ぶのは、国に混乱を招かないためだけではない。花嫁の居場所を奪い、頼りにできるのは伴侶となった妖精王だけだとわからせるためだ。

自分の代わりはすでにいるため帰ることはできない。見知らぬ妖精たちに囲まれた環境では、妖精王に頼らざるを得ない。そのまま妖精の世界で生きる覚悟も植え付けられる。

だが、あまり孤立させてしまうと精神的に不安定になってしまうかもしれない。ただでさえ、シャルロッテはまだ曖昧な存在なのだから。

「心が繋がるのはいつになる」

心の底からジークヴァルトが欲しいのだと言わせたい。そのときの感情は一体どんな味をしているだろうか。

彼女が愛を抱《いだ》いたときの味を想像するが、見当もつかなかった。

❀　❀　❀

日が暮れるとジークヴァルトがシャーリーを抱くのが日課になっていた。

はじめて結ばれてから毎晩、二人の寝台は汗と体液にまみれ、シーツがぐしゃぐしゃになっている。

シャーリーは獣のように腰を高く上げ、背後からジークヴァルトの雄に貫かれていた。腰を持ち上げられた状態での交わりは、正常位よりもっと奥深くにジークヴァルトを感じ取ってしまい、激しい快楽が押し寄せて理性を鈍らせる。

「アァァ……だめ……っ」

「なにがダメなんだ。俺を絞りとろうと、ここをこんなにも淫らに収縮させているぞ」

腹部に手を回され、下腹をぐっと押される。

内臓が圧迫されて苦しいのに、ジークヴァルトの男性器の存在をまざまざと感じ取ってしまう。シャーリーの意志とは真逆に、膣壁がキュッとジークヴァルトの雄を強く咥えこむ。

「ンン……ッ」

愛液が結合部から零れ落ち太ももを伝う。ぐちゅぐちゅと響く水音もシャーリーの鼓膜を犯し、快楽を高める要因となっていた。

最奥を容赦なく攻め立てられ、ぐっぐっと長く太い陰茎で刺激されると、シャーリーの口からは言葉にならない嬌声しか出てこない。

「ンァ、あ、アア……、アア──ッ」

「随分と気持ちよさそうに啼《な》くな。自ら腰も振るとは、淫らになった」

無意識の行動だ。さらなる快楽を得ようと、シャーリーの身体は貪欲になる。それはジークヴァルトを求めているからか、本能的に、彼の精気を必要としているからか。

──はしたない……こんな、私……。

痛みも苦しみもなく、気持ちいいと思ってしまう。

数回の交わりで、身体はすっかりジークヴァルトを覚えてしまった。これ以上の痴態を晒したくないのに、気づけばいつも彼の精を貪ろうと身体が勝手に動いてしまう。

これではシャーリーも自分を喰らう妖精王と同じだ。翌朝理性が戻ると落ち込むことの繰り返しだった。

シャーリーの身体の不調は日に日に改善されていった。食事の量も落ち着き、睡眠時間も安定してきた。寝ても寝足りず身体が怠いという不調が落ち着いただけでも、快適に過ごせている。

だがそれはジークヴァルトの精気を取り入れているからだ。妖精王の精を絞りとり、胎内に留めることで身体が妖精の世界に馴染んでくる。

もし今の段階でオルブライトや隣国に赴いたら、体調は不安定になるだろうとイヴリンに説明された。今まで嘘をついたことのないイヴリンの言葉なら素直に受け止められる。

一日の大半を寝て過ごさなくてはいけないようになっていたと言われると、あのまま嫁いでいても恐らくすぐに厄介払いされていただろう。そんな虚弱体質では、子供すら望めないと思われても仕方ない。

——遅かれ早かれ、あちらの世界を去ることは決まっていたのだわ……。

体調が落ち着きいろいろと考える余裕が生まれると、シャーリーは自分の気持ちに疑問を抱くようになっていた。

この行為に愛はあるのだろうか。彼は食事目的だけで抱いているのだろうか。

そもそも妖精王が愛を知っているのかもわからない。

人間と妖精の感性が違うことは、一週間も共に過ごせばよくわかった。シャーリーに仕える妖精は柔軟な考えを持っていて、花嫁の意志を尊重してくれるが、人間と関わりの薄い妖精ならば人間の考えを理解できないと思う者もいるだろう。

妖精が恋に落ちて繁殖をするのかもわからない。単体で子を産むのか、そもそも性別があるのかも。

——わからないことが多すぎるわ。

「気に食わないな。考え事をする余裕があるのか、ロッティ」

一瞬気が逸れただけでジークヴァルトにさらなる責め苦を味わわされる。

「アアァ——」

グイッと身体を起こされ、彼の膝の上にのせられた。背後から抱きしめられる体勢になり、重力が加わると、さらに深いところまで彼の存在を受け入れてしまう。

顔を横向きにさせられ、指で顎を上げられる。すかさずジークヴァルトの舌がシャーリーの口内を容赦なく攻め立てた。

「んぅ、……っ」

肉厚な舌が絡められ、唾液も舌もじゅうっと吸われる。視界がちかちか点滅し、思わず目を閉じた。

ギュッと腕の中に閉じ込められた状態で、上も下もジークヴァルトのものでいっぱいにされる。腰をゆるゆると突き上げられながら乳房もいじられ、溢れた唾液を飲まされた瞬間、胸の尖りをキュッとつままれれば、胎内でくすぶっていた熱がパンッとはじけた。

「ンンン――……ッ！」

生理的な涙が零れる。その雫も、ジークヴァルトは唇を寄せて舐めとった。

「ロッティ……、俺が欲しいと言え」

花芽をコリッと指先で転がされる。敏感な身体には刺激が強すぎる。

太ももを伝う愛液を指ですくわれ、身体にこすりつけられる感触も、ぞわぞわとした震えに変わった。シャーリーは、ジークヴァルトの言葉に返事ができないほど憔悴《しょうすい》しているが、彼はまだ一度も達していない。

「答えなければずっとこのままだぞ。ここに俺を咥えこんだまま一日過ごしてみるか？」

低く艶めいた声は冗談に聞こえない。やると言ったらやりそうだ。

このような状態で一日を過ごすなど冗談ではないが、なにかを答えようとすると、ジークヴァルトの不埒な手がシャーリーの弱いところを刺激する。意地が悪いと睨みつけたくなった。

「クソ、まったく不愉快だ。お前は、手に入りそうで入らない……こうまで思い通りにならないとは」

思い通りにしているではないか。身体は従順にジークヴァルトを受け入れ、彼に与えられる快楽を覚えてしまっている。シャーリーも荒波のように押し寄せる快楽に抗おうとしていない。

――あなただって私を抱くのは食事目的なんでしょう？

快楽を得ているときのシャーリーの感情が好ましいと言っていた。甘みと酩酊感を同時に味わえると。今まで味わっていた感情の中では一番口に合うようだった。

胸の奥がもやもやする。この気持ちも伝わってしまうのだろうか。

ジークヴァルトは不服そうな表情のまま、凄絶な色香を放ちながら苛立たしげに問いかける。

「ロッティ、お前の望みはなんだ」

「のぞ、み……?」

項《うなじ》に顔を埋められ、皮膚に息を吹きかけられた。彼の吐息が肌を湿らせ、些細な刺激にも敏感に反応させられる。このような状態で少しでも外から刺激を与えれば、シャーリーの素直な身体はすぐに中を締め付けるとわかっているのだろう。

「ンッ……」

荒い呼吸はなかなか落ち着かない。すぐに新しい刺激を上塗りされる。

――私が、欲しいもの……。

望みを聞かれても、すぐに答えは思い浮かばなかった。

だって今までたくさん欲しいものを諦めてきたから。

もうあちらの世界に居場所はない。

幽閉された理由を聞いても、皆、シャーリーを妖精から守るためとしか言わず、到底納得ができるものではなかった。

〝あなたのため〟という言葉は、いつしかシャーリーの心を蝕《むしば》んでいった。その言葉は、不自由さも我慢しなければいけないと言われているのも同然だった。

家族には期待しない。彼らとの溝が埋まるとも思えない。数えきれないほど失望し、自由が欲しくて政略結婚を受け入れた。

だが予定通りに嫁いでいても、息の詰まるような想いを味わったかもしれない。身勝手な期待を向けられて、叶わなければ責められていただろう。

「わからない……わからないわ……。私はなにが欲しいの……」

「……欲求を失ったか」

親しい友人もいないし、話し相手も限られていた。護衛という名の監視は常にシャーリーの動向を見張っており、動ける範囲は王城の中庭の限られた場所だけ。街に下りたことなどなく、籠の中にひっそりと囚われていただけだ。

鉄格子が嵌まった窓の外をよく眺めていた。この青い空がどこまでも繋がっているのなら、ここから見える空の端まで行ってみたいと。きっと自由を得ることがあの頃のシャーリーの望みだった。

だが今は、オルブライトの王女としてのしがらみはなく、アウディトレアに嫁ぐ必要もない。ジークヴァルトの許しさえあれば、不自由さは感じずに過ごせるだろう。

言葉は意地悪でも、ジークヴァルトは危害を加えてこない。それどころかシャーリーの傍にいて構ってくれる。突拍子のない行動に振り回されることも多いが、秘密基地だと教えてくれた湖は美しかったし、幻想的な流れ星も見せてくれた。知らないところに連れて行き、新しいものに触れさせてくれる。それは確実にシャーリーの心を豊かにしてくれるものだ。

——私が欲しいのは……。

どんな時でも守ってくれる存在。ギュッと抱きしめてくれる人が欲しい。

「……抱きしめてほしい」

心が温かくなるようなそんな居場所を手に入れたい。

すると、ジークヴァルトはシャーリーの身体を弄《もてあそ》んでいた手を止めて、己の腕の中に包み込むように抱きしめた。

「それから？」

他にないのかと催促される。

力強い腕に奇妙な安心感を覚えながら、抱きしめてくれるジークヴァルトを振り返る。

美しすぎて一見冷たく見える眼差しが、どことなく優しい光を放っていた。

鍵をかけていた心の奥の扉が少し開く。そこには、シャーリーの本心が隠されていた。

「私は……私を愛してくれる人が欲しい……」

――もう寂しいのは嫌。

心の声がジークヴァルトに届いたのかはわからない。

ただ、ようやくシャーリーの本心を知ることができて、ジークヴァルトはほんの少し満足そうな顔をした。

それからは無言で肌を重ね続けた。口から洩れるのは甘さを増した嬌声だけ。恥ずかしい気持ちも残っているが、それよりシャーリーは快楽を拾うことに集中する。

下腹部に刻まれた模様は、二人が交わる度に変化していく。蕾はほころび、花がゆっくり咲いていく。

だが今はまだ子宮に直接精を注がれても、シャーリーが子供を宿すことはない。そのことをよかったと思っているのか、残念だと感じているのか、シャーリーにもしばらく答えは見つからなかった。

❀　❀　❀

深夜、ジークヴァルトは王城のバルコニーから空を見上げていた。

雲ひとつない夜空に色とりどりの星が瞬いている。星が一層輝きを増す夜は、妖精がより活動的に騒ぎ出す。耳を澄ますと、賑《にぎ》やかな妖精の声が風に乗って届いてきた。

繊細なグラスを片手に持つ。ニワトコから抽出された酒を舌の上で味わうが、水のように薄く感じられ眉をひそめた。

「……不味い」

今まで一番好んできたものだったが、シャルロッテの味を知ってからはなにを口にしてもすべて味気のないものに変わってしまった。花嫁の存在がこれほど妖精王に影響を及ぼすとは……と、グラスの中の液体を苦々しく見つめてしまう。

シャルロッテの感情は以前と比べてだいぶ濃くなった。

再会した当初は人形のように心を殺し、本心を隠していたが、随分と表に出せるようになってきた。

彼女が抱いていた怯えや恐怖心は苦く、悲しみは酸っぱい。どれも非常に気に食わない味だ。

怒ったときは辛味が強くなり、やや不味いが刺激的ではある。恐怖や悲しみに比べるとマシだ。衝動的に怒りを誘発させることでシャルロッテの感情を表面に出させ、彼女の味を喰らいながら心を解放させようと試みた。まだ我慢することが多いが、はっきりと『嫌』と言えるようになったのは進歩だろう。怒る顔も面白くて気に入っている。

驚くと辛味と旨味を、喜ぶと濃い甘みを感じる。怒りの味よりも、彼女の好奇心が満たされ、喜びに微笑んだときの感情のほうが好ましい。

「だが一番は、快楽に翻弄されているときだな」

とろりとした甘さと酩酊感を味わわされると、ジークヴァルトの理性がちぎれそうになる。思考はぼやけ、シャルロッテのすべてを喰らいたい衝動に駆られる。シャルロッテから漂う香りを吸うだけで、身体は熱く火照《ほて》り心臓も激しさを増した。

あの味は中毒性が強い。一度味わったらさらに欲しくなる。

快楽に溺れてしまえばいいと思いながら、溺れているのは己かもしれない。

これで彼女の心に愛というものが芽生えたら、一体どんな味になるのか。予想がつかないが、想像しただけで身体の芯がふるりと震えた。

期待しているのは彼女の味が熟成することだろうか。それとも――。

【ごきげんよう、王様】

【花嫁様はいかがですかな】

【おや、花嫁様は見当たりませんね】

三体の妖精がバルコニーに現れた。婚姻式にも列席していた者たちだ。

道化師のような奇抜な格好をし、夜でも被り物をつけている。人間の世界に溶け込み、人間に紛れて生きられる高位の妖精だ。

――騒がしい奴らが来たな。

ジークヴァルトは古くから付き合いのある妖精たちを一瞥《いちべつ》した。

「俺だけでは不満か？　貴様ら妖精王ではなく花嫁目当てにご機嫌取りに来たのか」

【滅相もない】

【もちろん我らの王に憂いはないか様子を探りに】

【あわよくば我らも、王様を虜《とりこ》にする花嫁様の味見をいたしたく】

最後に本音が漏れている。

妖精王のご機嫌伺いと言いつつ目当てはシャルロッテだ。

ジークヴァルトの目に剣呑な光が宿る。

「味見だと？」

【我らは忠実な王のしもべ。久方ぶりに現れた花嫁様の味をぜひとも体験いたしたく】

【さぞやうまいのでしょうな】

【おお、羨《うらや》ましい。妖精色を持った美しい花嫁様は一体どんな味か】

くるくる踊りながら話しかけられるだけでも鬱陶しいのに、シャルロッテを味見させせろと要求してくるとは。ジークヴァルトのこめかみがピクリと反応した。猛烈な不快感がこみ上げる。

「ふざけるな。誰が貴様らに分けるかっ！」

【おや、珍しい。そのように怒るとは】

【今までそんな独占欲など見たことがない】

【いやはや、花嫁様は特別らしい。王様が執着しておられる】

「独占欲だと？　そんなもの知るか」

【無自覚とは言わせませぬ。我らに苛立ったではないですか】

【見られるのも触れられるのも嫌なのでありましょう？】

【嫌でないならぜひ紹介してくだされ。害はくわえぬと誓いましょうぞ】

むう、と押し黙る。独占欲を指摘されてとっさに反発した。しかし他の妖精《おとこ》にシャルロッテを見られるのを想像しただけでも苛立ちが募った。あまつさえ触れられて感情を喰われるところなど想像するだけで殺意が湧く。

——独占欲？　これが？

なるほど、自分でも気づかないうちに花嫁に対して特別な欲望を抱いていたらしい。花嫁を他の妖精と共有するなど考えるだけでおぞましい。

「独占欲でもなんとでも言えばいい。俺の花嫁は俺だけのものだ。お前たちと共有するなどとくだらぬことを言ったら消滅させるぞ。味見も許さんと噂を広めておけ」

【おお、なんと横暴な】

【いや、これでこそ我らの王ではあるが】

【消される前に退散せねば】

風と共に妖精が去る。

騒がしい空気から一転、バルコニーには元の静けさが戻った。

「……図々しい奴らめ」

だが役には立つ。これで他の妖精もシャルロッテに手を出してこないだろう。

彼女を迎え入れた当初に味見をしたいと言われていたら、承諾していたかもしれない。

だが今は……。

——考えるだけで腹立たしい。一欠片だってくれてやらんぞ！

怯えも恐怖も悲しみも喜びも、シャルロッテの心はすべて自分のものだ。彼女の心が動く要因が自分でなくては気が済まない。

いつの間にか形容しがたい独占欲が増幅している。

「つくづく俺を乱してくれるものだ」

それが花嫁という存在なのだろうか。この感情の終着点はどこにある。

その晩、苛立ちは消えることなく、ジークヴァルトの心に留まり続けたのだった。

❀　❀　❀

昼間に少し昼寝をしたら夜更かしもできるほど、シャーリーの身体は妖精の世界に馴染んだ。急激な眠気に襲われることもなく、体調も良好な日々が続いている。

だがそれも毎晩ジークヴァルトと肌を重ねているからだと思うと、複雑な心境になった。

――私に触れてくるのは私を喰らいたいからというだけなのかしら……。

一線を越えた後は心の距離も縮まった気がする。だがそう感じるのは自分だけなのかもしれない。妖精の考え方はもっと淡泊で合理的で、互いの利害が一致しているから行っているだけ。特別な情は込められていないのかもしれない。

――私は本当に、食事以上のなにものでもないのかも。

胃のあたりがもやっとする。翻弄されているのは自分だけで、ジークヴァルトの考えがわからない。「好き」の二文字も貰ったことがない。だがこれはシャーリーも言ったことがないのでお互い様か。

──そもそも私はジークが好きなのかしら？　傲岸不遜で意地悪な妖精王が？

容姿は国宝級に美しいが、人が嫌がることをするのが好きで性格はいじめっ子だ。未だに突拍子もないことを仕掛けてきてはシャーリーを怒らせてくる。

──今だって真夜中にお茶会だなんて……なにを考えているのかわからないわ……。

ネグリジェの上にショールを一枚羽織った姿で中庭に連れ出された。寝台に入り眠っていたところをゆすり起こされたのだ。安眠を妨げられて少々ムッとしたし、開口一番にジークヴァルトは「茶会をするぞ」と言ったため理解するのに時間がかかった。

「……あの、なんで夜中に？」

月がとても高い。雲も風もなく、煌々《こうこう》と輝いている。

少々肌寒さを感じながら、シャーリーはジークヴァルトに問いかけた。この場には二人しかおらず、お茶の準備をしたのはジークヴァルトだ。

給仕などしたことがないだろう。不慣れな手つきをはらはらしながら見守り、お茶が数滴飛び散ったカップを持ち上げた。

──おいしい。少しブランデーも入っているのかしら。

身体が温まるが、こんなに香り豊かな紅茶を夜中に飲んだら眠れなくなりそうだ。

「昼間にしかやってはいけないという決まりはないだろう。お前も夜更かしができるようになったのだから趣向を変えて夜に出歩くのも悪くない。それに夜にしか咲かない花もある」

ジークヴァルトが指をさした場所には、真っ白な花が咲いていた。月光を浴びて満開に咲く姿は、確かに彼の言うように昼間の花とは違った魅力があった。

「知らなかったわ。夜に咲く花なんてあるのね」

「決まった生活しかしないのであれば、決まった世界しか見られん。昼間の中庭は昼間の顔が、夜には夜の顔がある」

同じ世界を見ていても、角度を変えれば違うものが見えてくる。そう言われている気がして、シャーリーはひっそりと反省した。

――気まぐれで振り回しているだけかと思ったけど、彼なりの考えがあるのよね。私の体調が安定したからこうして連れ出してくれたんだわ。

自分の欲望ばかり押し付けていたら、気遣うことなどできやしない。出会った当初は、なんて自分勝手で意地悪な人なんだろうと思っていたが、共に過ごす時間が増えていくと少しずつ新しい発見が増えていく。

「美しい世界を見せたらお前はもっと喜ぶと思ってな」

ふいに優しく微笑まれた。シャーリーの心臓がドクンと跳ねる。

「……っ！」

――不意打ちってこういうことを言うんだわ……！

喜んでくれると思って連れ出したのだと知ると、むず痒いようなくすぐったさが心の奥に広がっていく。

顔がじわじわと火照ってくる。夜でよかったと思いながら、カップの中身をグイッと飲み干した。

「喉が渇いていたのか？」

「そうみたいです。こちらもいただいても？」

ガラスの大瓶に入っているのは果実水のようだ。ジークヴァルトが頷いたので、グラスにとぷとぷと注ぐ。薄く色づいた液体からは甘く爽やかな香りがした。

「それはニワトコから抽出した花酒だが」

ジークヴァルトが説明するよりも早く、シャーリーは一口嚥下した。口いっぱいに広がる花の甘みと果実のような爽やかさが飲みやすい。

「すっきりしてておいしいわ」

真夜中にお酒を飲むなんて、悪いことをしている気分になる。不思議な高揚感が生まれ、シャーリーはふわふわとした心地になった。

――オルブライトでは絶対に許されなかった行為だわ。成人を迎えても、一滴もお酒を飲ませてもらえなかったもの。

夜中に部屋を抜け出すのは非常識だが、この城ではジークヴァルトの言うことが常識《ルール》だという。彼が認めれば、他者の常識など関係ないのだ。

「甘くておいしいわ。これを紅茶に入れてもおいしそう」

「そうか？　香りが主張しすぎると思うが」

ジークヴァルトが首を傾げると、彼の髪がさらりと揺れた。不思議な色合いの髪色は月明かりを吸収しているかのようにキラキラと輝いて見える。

なにか既視感を覚えた。夜中のお茶会を経験したのははじめてのはずなのに、こんなふうに彼と向き合いお茶や焼き菓子を食べたことが――。

――夜のお茶会……前にもあった？

『小さい口でよく食うな』と笑っていた声まで蘇る。その夜も月が美しく輝いていて、誰かの髪が月の光を吸い込んでとても綺麗だった……。

――あの男性は……ジーク？

背格好も容姿も変わらない。十数年経過しても彼の外見は同じに見える。

ひとつずつ記憶の断片が集まり、繋がっていく。

ぼんやりとした既視感しか思い出せずにいたが、子供の頃と同じ経験をなぞったからだ

ろうか、彼のことがはっきりと思い出せた。
——ふふ。私、昔も今もジークの顔は好きだわ。
綺麗なアーチを描く彼の眉がピクリと反応した。
ほろ酔い気分のシャーリーは、心の声が口から零れていたことに気づいていない。
「顔は好き？　……おい、好きなのは顔だけか？」
眠気に誘われるまま、シャーリーはすとんと意識を手放す。
ジークヴァルトが問いかけをしても反応がない。
剣呑な空気を放ったまま、ジークヴァルトは低く呻《うめ》いた。

第五章

アウディトレア王国の第二王子フレデリックと、オルブライト王国の妖精姫の婚姻式が執り行われた。

王太子の婚姻式と比べると規模は小さいが、それでも周辺国の王侯貴族が数多く集まった。一度も公の場に姿を現したことのないシャルロッテ王女を一目見ようということらしい。

蜂蜜色の巻き毛を結い上げたシャルロッテ姫は、彼らの期待通りの姿で現れた。可憐で美しく儚さを秘めた美貌。アウディトレアの伝統的な婚礼衣装を身に着け、胸元の見事なルビーが彼女の美しさをより華やかなものに見せている。

伏し目がちな目は妖精色と謳われる黄緑に金の虹彩……自然に愛されしオルブライトの色だと囁く者もいる。

シャルロッテに扮するエスメラルダは、周囲が望む妖精姫を演じきっていた。

楚々とした控えめな振る舞いに高い教養、見る者を魅了する微笑を浮かべて幸せな花嫁になりきっている。隣を歩くフレデリック王子もシャルロッテ姫に寄り添い、仲睦まじい様子だ。

　こんな幸せそうな花嫁姿を見せられたら、通常、花嫁の両親は安堵することだろう。だがこの場にいるオルブライトの国王夫妻及び王太子の顔色は、娘、あるいは妹を祝福するには相応しくない。

　ジークヴァルトは一部始終を鏡を通して眺めている。扉一枚ほどの大きさの鏡は、会話はできないが見たい光景だけを覗き見ることができた。

　エスメラルダが家族のもとへ近づく。その目の色は妖精色ではなく彼女本来の緑色に戻っている。その些細な違いを見逃すことなく、オルブライトの王族は目の前のシャルロッテが妖精なのだと悟っていた。

『お父様、お母様、お兄様。会いに来てくださってうれしいわ』

　瞳の色をふたたび妖精色に戻し、エスメラルダは夫となったフレデリックの腕にそっと寄り添いながら微笑みかけた。

　偽物のシャルロッテの中身がエスメラルダだとわかっていても、その顔で別の男と仲睦まじい姿を見せられるのはいささか不愉快だ。ジークヴァルトは無意識のうちにギュッと眉間に皺を作る。

　オルブライトの国王夫妻は、今まで避けてきた娘に作り物の微笑を浮かべて花嫁衣装を褒めていた。だが二人の手はかすかに震えている。唯一、兄である王太子だけが、キュッと唇を引き結び冷静にエスメラルダの様子を窺っていた。

『シャーリー、アーシュラから預かりものがあるんだ。悪いけど少しだけ二人きりにさせてくれないかな』

　前半はエスメラルダに、後半は彼女の夫に告げられたものだ。アーシュラというのはシャルロッテの妹のことだろう。三歳下の妹姫は十五歳を迎えた。彼女の容姿はシャルロッテと違い、栗色の髪に琥珀色の瞳をした普通の人間だった。華やかな容姿でないことに劣等感を抱いているらしい。はっきりシャルロッテに聞いたわけではないが、姉妹の仲はあまり良好ではなさそうだ。

『もちろんだ。シャルロッテ、急がなくていいからゆっくり話しておいで』

　フレデリックは快く兄妹の時間を優先させた。

　兄であるクレメントもあまりシャルロッテと似ていない。顔の作りは似ているが、髪色はくすんだ金色に茶色の瞳という平凡な色合いだった。

　兄妹は少し離れた場所まで歩き、足を止めた。人の目から完全に逃れることはできないが、少し離れた場所なら会話を盗み聞きされることもない。

『アーシュラは元気？　会えなくて残念だったわ』

　エスメラルダが寂しそうな表情を作る。仲のいい姉妹を演じるためだろう。

顔の表情を動かさないまま、クレメントは懐から一通の封筒を出した。

『アーシュラからだよ。中身はないけれど』

封蝋が一度剥がされた跡がある。中身は空らしい。クレメントの意図がわからず、エスメラルダは様子見を選び、首をこてんと傾げてみせた。

『君への恨み言しか書かれていなかったから、僕が破って燃やしたんだ』

笑顔のままさらりと告げられるが、エスメラルダは無言を貫き通した。ジークヴァルトが思った通り、やはり妹は姉を嫌っていたらしい。

『それで、君は一体誰なのかな』

いきなり本題に切り込むとは肝が据《す》わっている。ジークヴァルトはわずかに溜飲の下がる思いがした。震えて怯えを隠すことしかできない愚王よりは見所がある。

エスメラルダに一任しているため細かな指示は出していない。こちらとしては、シャルロッテの瞳の色が違うことを見せつけた上で、別人が成り代わっているのだとわからせられればよかった。絶望する姿が見られれば、少しは気が晴れる。

エスメラルダは問いには答えず、封筒を返し、『お気遣いありがとう、お兄様』と微笑んでみせた。

フレデリックのいる場所に戻ろうとする彼女をクレメントが引き留める。

『待ってほしい、ひとつ訊きたい。シャーリーは元気なのか？　……いや、オルブライトで生きてきたシャーリーは、本物のシャルロッテだったのか』

――本物の？

ジークヴァルトの中でひとつ疑念が生まれた。

今までジークヴァルトは、シャルロッテの家族は妖精界と繋がりを絶たせるため、彼女から自由を奪ったのだと思っていた。五歳の娘が行方不明になり、戻ってきたら目の色が両目とも妖精色に変わっていたため、妖精の花嫁に選ばれたと思ったが故の行動だったのだと。

つまり、妖精との約束を破り、アウディトレアに嫁がせたのは娘を人間のままでいさせるため……妖精から守るための行動だと思っていたのだ。

だがもしも、両目が妖精色になった子を自分たちの娘だと確信できなくなっていたとしたら？

数日城から消え、戻ってきた娘の瞳の色が変化していたことで、シャルロッテの両親は娘が妖精に攫われたままだと思い込んだ。彼女を実の娘だとは思えず、妖精が遣わした偽物だと勘違いをしたのだ。

その証拠に、病気がちだった娘は驚くほどに健康になっていた。

また、数日間ジークヴァルトの国にいたことでシャルロッテの記憶になんらかの影響が出てしまった。妖精王の欠片を取り込んだばかりの身体には負担が大きかったのかもしれない。

彼らは娘の記憶の欠如を誤った方向に解釈した。なにがあったのか説明できないのは、なにも喋るなと妖精に口止めをされているからではないか、と。

憶測がさらなる憶測を呼び、混乱をもたらす。

「……クッ……ハハハ、そういうことか」

戻ってきたのは人間ではない。娘の姿をした得体の知れない妖精。

愚かなオルブライトの国王夫妻は、災いを城に招かないため、「良き隣人」を排除しようとした。自国の発展のために、妖精姫の噂を広め、より有利な縁談に利用しようとしたのだから、つくづく腐っている。

……わざわざ本物を返してやったというのに。

『私は元気よ、お兄様』

クレメントは小さく「そうか」と呟いていた。彼に興味を失ったのか、エスメラルダは夫が待つ場所へ去っていく。

「どちらにせよ、オルブライトの王家は愚か者だな。己の過《あやま》ちを後悔するがいい」

人間たちは知らない。シャルロッテが生きていられるのはジークヴァルトのおかげであることを。

ジークヴァルトの魂の欠片を与えられたことでシャルロッテの寿命が延びた。妖精王と同じ時を過ごせるほどに。

「やはりオルブライトはもういらん。裏切ったのはお前たちだ」

ジークヴァルトの私室には壁一面にオルブライトの地図が貼られている。王家ですら把握していない国土の詳細が隅々まで描かれたそれは、まさに国の縮図であった。

その中の、彼らが最も大事にしている鉱山に目を付けた。宝石や鉱石が採掘できる鉱山はオルブライトの重要な収入源だ。

その鉱山めがけて地図の上に短剣を刺した。

地図上に描かれていた鉱山の一画が崩れていく。建国から八百年以上も守り続けてきた地に手をかけたのはこれがはじめてだ。今頃、鉱山の入口は土砂でつぶれて使い物にならなくなっているだろう。

「人間はとても忘れやすい。都合のいいことにしか耳を傾けない。だが自分たちの行いの責任は取らせなくては」

妖精の存在を信じさせるには、人間たちが見てわかりやすいものを残すべきだ。

「メレディス、オルブライト王の執務室に枯れた花を届けさせろ」

「かしこまりました。花の種類はいかがなさいますか」

「あの国の国花はブルーベルだ。不変を象徴する花だが、そろそろ変化を受け入れるべきだな」

人間が妖精との絆を断ち切りたいと望むのなら、相応のものを差し出すべきだ。

「枯れた国花を贈りつけられたなら、我らの存在を意識せざるを得なくなるだろう」

❀　❀　❀

――ジークが私を見つめてくるわ……。今度はどんな感情を味わっているのかしら……。

朝食の時間、ジークヴァルトの視線がシャーリーに注がれている。食事目的で見つめられているのだろうと思うが、無言で見られるのはやはり慣れない。

「……王様。いくら花嫁様が可愛くても、あまりじっと見つめていたら花嫁様が食事をしにくいですわ」

給仕をしながらイヴリンが苦言を呈した。

だがジークヴァルトは腕を組んだまま「俺の花嫁を見つめることのなにが悪い」と返す。

「……なにか変なものでも拾い食いされたんですの？」

イヴリンが容赦なく問いかける。そんなことをするとは思えないが、こんなに真剣な眼差しで見つめ続けるなんてどこか様子がおかしいようにも思う。

――緊張するわ……。

スープをすくう手が止まってしまう。イヴリンが言うように見られていると食べにくい。

「ロッティ」

ジークヴァルトに名を呼ばれ、顔を上げて正面から彼の視線を受け止めると、予想外の質問を投げかけられた。

「俺の顔は好きなのか」

「……え？」

シャーリーは思わずかちゃん、と匙を落としてしまう。

「顔以外はどこが好きなんだ、言ってみろ」

「え……、突然なにを仰っているんですか」

「……至極真面目な顔で聞くことがそれですの？」

イヴリンが呆れた表情で口をはさんだ。

――一体どうしてそんなことを訊くのかしら。

シャーリーの頬が薄紅に色づく。その変化は意識をしていない相手へ向けるものではない。ジークヴァルトの口角がにんまりと上がった。

「お前が言ったんだぞ、俺の顔は好きだと。だが顔だけだとは言わせんぞ。他にもあるだろう」

「脅してどうするのです……」

イヴリンがグラスに果実水を注ぐ。

唐突な質問に驚いたが、そのようなことを言った覚えはなかった。

「そんなこと、言った記憶がないのですが」

「昨夜言っただろう。お前が寝る直前に」

「お酒を口にしてましたし、覚えていませんわ」

「ならもう一度言え。昔も今もこの顔が好きだと。……ああ、ところでお前はいつ昔の記憶を思い出したんだ？」

「それは……、昨夜、ふと既視感を覚えて。全部ではないですが、あなたと会ったことがあるのは思い出しました」

果実水で喉を潤わせるが、話の矛先がどこに向くのかわからなくて緊張する。

「全部じゃないのか。早く思い出せ。俺だけ覚えているのは気に食わん」

前半の命令を無視し、質問にだけ答えたら、さらなる命令を下される。好きだと言えと命じられたり、記憶を思い出せと言われたり……わかってはいたが横暴ではないか。

——確かに美しいとは思っているけれど……！　それを、確認されるのはなんだかとっても気恥ずかしいし、相手を褒めるのも強要されるべきではないわ。

それに、自分に言わせようとしているが、ジークヴァルトのほうはどうなんだと反発心がわいた。

——この人こそ、味以外で私のことを褒めたことがないじゃない……。

「ふむ。困惑の感情は複雑な味をしているな。不味いわけではないが美味くはない」

味の評価も今までは聞き流していたが、本人に聞かせるのは失礼なのではないか。彼の嫌がる味を食べさせてはいけないという気持ちにさせられる。だがその味もシャーリーの本音なのだ。感情は誰かに忖度《そんたく》して制御するものではない。

それに、偽りの感情を抱いたってすぐに見破られる。そして理由を追及されるだろう。文句を言われないため、などと言えば怒られるに決まっている。

――なんだかとても納得がいかないわ。

もっと感情をよこせと言う。彼が満足する感情を。そしてそれを求めるのは食事目的だ。たとえ花嫁の役割がそうだとしても、自分だけ心を明け渡すのはなにか違う。

ジークヴァルトに抱かれているときは距離が縮まったかと思うのに、会話をしているとその差は埋まっていないのではと思えてしまう。

「……私、おいしいとか不味いとかだけで判断されたくないわ」

俯いていた顔を上げる。

考えるより先に口から出ていた言葉は、シャーリーの本心だ。ずっと心の奥に抱えていたもやもやが言語化されたのだと気づく。

「どういうことだ？」

ジークヴァルトが小首を傾げた。その仕草はどこか人間くさい。今まで気づかなかった些細なことに気づけるほど近くにいるのだと実感する。

「私だって、あなたに好きとか、言われたことないわ。でも当然よね、あなたは私のこと食糧としか見ていないんですもの。あなたの口に合う感情を持った人間なら、私じゃなくてもいいんでしょう」

「おい、なにを言っているんだ」

出会った当初なら、ジークヴァルトに感情をぶつけることなんてできず、全部呑み込んでいただろうが、本心に気づいた今は、一度昂ってしまった感情はすべて吐き出すまで落ち着けない。

「私がたまたま妖精色を持って生まれたから私を選んだだけでしょう。もし二人……妹も妖精色を持って現れたら、あなたは味がおいしいほうを選んだの？」

「お前の妹はただの人間だろう」

「仮の話よ。それに、生まれたときに違う色でも、もしかしたら突然変異で目の色が変わるかもしれない。二人候補がいたら、あなたは誰を選んだの？　花嫁のことは食糧としてしか見ていないんじゃないの」

単純に味の好みだけで選ばれたのだろうか。他にも候補者がいたら、ジークヴァルトが選んだのは誰だったのだろう。

「妖精王の花嫁など滅多に現れない。百年にひとりいるかいないかだ。お前の仮定は全部妄想にすぎん」

そういうことを言っているのではない。

もやもやした感情が膨れ上がり、シャーリーの苛立ちが止まらない。はっきりとシャーリーがいいと言ってくれたらこの苛立ちも消えるだろうか。

——そうだわ、私じゃなくてもいいんだわ。

悲しさが募る。自分の価値が彼に味を提供するだけなら、なんて虚しいのだろう。

「もしもの話よ。たくさん花嫁の候補者がいたら、ジークは誰を選んだの」

シャーリーは苛立ちを見せるジークヴァルトに怯むことなく、彼を睨みつけた。

「私の感情が気に入らないなら他の人間を食べたらいいじゃない！」

「——っ」

ジークヴァルトが椅子から立ち上がった。なにか言い返してくるかと思えば、彼は無言のまま部屋を去ってしまう。

イヴリンがおろおろと視線をさまよわせ、ジークヴァルトとシャーリーを交互に見つめていた。

やがて彼の姿が見えなくなると、シャーリーの怒りは徐々に萎んでいく。

「……私、間違ったことは言ってないと思うわ」

「ええ、わたくしも、どんな理由があっても、女性を泣かせた王様に非があると思いますわ」

イヴリンにハンカチを渡される。感情が高まり、いつの間にか泣いていたことに気づいた。

――子供みたいだわ、こんなふうに泣くなんて。

今まで人前で泣いたことはない。離宮に移動した後、ひっそりと泣くことはあったが、やがて諦めることを覚えてしまうと涙を流すこともなくなった。

「花嫁様はどうして腹が立ったのですか。王様になにを求めますか？」

優しい声がシャーリーを慰める。外見は十歳ほどの少女なのに、イヴリンの声には年長者が子供を諭すような慈愛《じあい》が含まれていた。

「……私は、感情とか味とかだけじゃなくて、あの人に私をきちんと見てほしいんだわ……」

心を見てほしいのだ。食糧としてではなく、シャーリー自身を認めてもらいたい。

「王様の性格にも問題はありますが、王様は花嫁様が思っている以上に気にかけていますわ。わたくしが口を出すことではありませんので詳しいことは控えますが、妖精は人間の感情から相手の心を推し量りますの。人間にはそんな真似はできないですから、花嫁様が不安になるのも理解できますわ」

「私の心が覗かれているみたいで不快だわ」

「もちろん全部わかるわけではないですわ。悲しいかうれしいか怒っているかなどを、察することができる程度です。妖精同士でもある程度の感情は筒抜けなんですの。ですが人間には伝わりませんものね。せっかく言葉が通じるのですから、お二人はもっと会話をするとよいのだと思いますわ」

「……そうね……」

種族が違うのだから、互いを理解するにはきちんと言葉を尽くすしかない。当たり前のことができていなかったのだと反省した。

ジークヴァルトの突拍子のない発言に振り回されるばかりだと思っていたが、彼のほうも手探りだったのだろうか。シャーリーの感情を喰らい、なにを考えているのかがわかっていたからこそ言葉が足りなかったのかもしれない。

――でも、それならやっぱりジークもきちんと言葉で感情を伝えるべきだわ。あんなふうに私に要求するばかりじゃなくて、彼だって心を見せてくれないと不安になるもの。

イヴリンは、シャーリーが考えている以上にジークヴァルトは花嫁を気にかけていると言っていたが、やはり「食糧として」と思う気持ちが拭えない。彼が満足する味を提供する人間だから気にかけていると思えてしまう。

きっと本人から言葉で言われない限り納得できないだろう。

「……妖精は、なにが好きなの？」

「そうですね、人の感情以外ですと美しいものが好きですわ」

「具体的には？」

「自然に関わるものはもちろんですが、芸術や音楽の音色、人の笑顔や笑い声。人間の心が動いたとき、人の目には視えない精気が放出されるのですよ。わたくしたち妖精には生み出すことができないものですわ。妖精は自然と共存し、自然の精気を取り込んで生きていますから」

「心が動くと精気が生み出されて、それを妖精は好んでいるの？」

「ええ、人の感情は妖精の元気の源なのです」

聞けば聞くほど不思議な生き物だ。

「あまり深く考えすぎないことをお勧めしますわ。王様も少し頭を冷やしているだけでしょうし。次にお会いしたときに、きちんと会話ができたらいいですね」

「そうね……ありがとう、イヴリン」

しかしその日、ジークヴァルトはシャーリーの前に現れることはなく、城から姿を消してしまったのだった。

❀　❀　❀

オルブライト王は追い詰められていた。

幸運をもたらす妖精姫という付加価値を付け、アウディトレアに嫁がせたはずの娘が別人にすり替えられていた。顔も声もシャルロッテなのに、身内に見せた目の色は妖精色から濃い緑に変化し、見知らぬ女の顔で艶然と笑いかけてきた。

「あれは誰だ……また妖精か！」

執務机の書類をすべて薙《な》ぎ払う。床に書物も散らばり、インク瓶が割れた。

国王夫妻はアウディトレアでの滞在を早々に切り上げ、自国へと戻ってきていた。王妃は寝込み、怯えて、会話すらままならない。

王城に戻ると、国王の執務机には見覚えのない花が届けられていた。水分が抜け、干からびた国花——ブルーベルだった。

一説によると、ブルーベルの咲く森は、妖精の世界との境界線であるらしい。霧の濃い日にブルーベルの花畑に足を踏み入れれば、あちらの世界に迷い込んでしまうという。そんな迷信を信じたことは一度もなかったが、実際西の森にはブルーベルが咲く場所がある。

先祖が何故この花を国の象徴にしたのかわからない。可憐な花だと国民に好まれているが、国王にとっては不吉な青い花としか思えなかった。

「妖精の嫌がらせだ、呪いだ。枯れた花まで送りつけてくるとは……」

国王の不在中にこのようなものを運んだ者は誰もいなかった。不審者が侵入したのではと警備を強化させているが、国王は十中八九これは妖精が運んだに違いないと思っている。

「シャルロッテ……娘の皮を被ったあの妖精をようやく厄介払いできたと思ったが……別の妖精が成りすまし、アウディトレアでもしも良からぬことが起きたら……」

国力の弱いオルブライトなどすぐにつぶされる。大国アウディトレアの後ろ盾を得られて喜んでいたのに、これでは安泰どころか重大な危機を招きかねない。

今まで姿を見せなかった妖精が、枯れた国花を送ってきた意味を考える。まさしく、国を滅ぼすと言ってきているのだろう。

国民は妖精を信仰しているが、今の王家は信仰心など抱いていなかった。初代国王が妖精王の助けを得てオルブライトを建国し、肥沃な地を授けてもらったという言い伝えを否定するつもりはない。だがそれ以降、妖精王と親密な関係を築いてきたかと言えばそうでもなかった。彼らが姿を現すことは滅多になく、先代も先々代の国王もその目で見たことはなかったという。この国を今まで守ってきたのはオルブライトの王族だ。

妖精は決して美しいだけの存在ではなく、恐ろしい性質を持っていることもわかっている。国民の知る妖精信仰では語られていないが、彼らは人間の感情を喰らうのだ。妖精の中には悪食《あくじき》がいて、人の悪しき感情を増幅させ、好んで喰らうという。

幼いシャルロッテがいなくなってから四日後、彼女は突然帰ってきた。しかし娘の両目はどちらも妖精色に変化していた。

……この娘は本当に自分の娘なのか。妖精の子供が成りすましているだけなのではないか。

一度生まれた疑念が消えることはなく、国王夫妻は娘を拒絶した。

シャルロッテを離宮に幽閉し、無関心を貫くことで最低限しか娘と接触しなかった。

美しく成長した娘は国のために嫁がせて、厄介払いにすればいい。姿を現さない妖精王のことなど気にすることもないだろう。そう思っていた。

「……しかし、妖精が別の妖精に成り代わるとは思えん。合理的でない。どちらかが本物のシャルロッテの可能性はあるんじゃないか。いや、我々を困らせて楽しんでいるのかもしれんが」

ぶつぶつと呟きを落とす。

アウディトレアに嫁いだのが偽物なのは間違いない。それなら本物の娘はどこにいる？

「わからん、そもそも幼い頃、戻ってきたシャルロッテは本物だったのか？」

今はっきりしているのは、妖精王の怒りを買ったことだ。

貴重な鉱山の入口が土砂でふさがれ、宝石や鉱石が採れなくなっている。自然災害ではあるが、これまで八百年起こらなかった事態に国民にも不安と動揺が広がっていた。

これが妖精王と無関係だと思えるほど国王も愚かではなかった。

思案に耽《ふけ》る中、扉が叩かれた。

「お父様、こんなに部屋を散らかしてどうなさったの。アウディトレアに行ってから様子がおかしいわ。お母様は寝室から出てこないし、お父様も寝ていらっしゃらないでしょう。ほら、目の下の隈がひどいわ。そんなにお姉様の婚姻式はひどかったの？」

シャルロッテの妹姫、アーシュラが執務室を訪れた。外まで物音が聞こえたのだろう。

アーシュラの発言には、姉に対して嘲りの感情が潜んでいた。アーシュラの外見は素朴だ。姉姫が大輪の花なら、アーシュラは野に咲く花だと揶揄《やゆ》されていた。それをアーシュラは不服に思っているのだろう。

華やかさや美しさは姉姫にすべてとられたと思っており、劣等感が強い。その証拠に姉の婚姻式には未成年という理由で参列しなかった。

「アーシュラ……」

父王も王妃も、アーシュラにはシャルロッテへの罪悪感を打ち消すように過剰な愛情を注いできた。多少の我がままもすべて叶えるほどに。

気づけばアーシュラも十五歳。数か月後には成人の十六歳を迎える。

「アウディトレアに嫁いだのはシャルロッテではない、別の妖精だ」

「突然なにを仰っているの」

国王として国を守らなければいけない。本物のシャルロッテが妖精王のもとに嫁いだのか確認ができないなら、代わりの王家の姫を捧げればいい。それで多少なりとも妖精王の怒りを静められるはずだ。

「アーシュラ、お前を妖精王のもとへ嫁がせる」

「……え？　お父様、いきなりなにを……ご冗談でしょう？」

アーシュラの肩が揺れた。父親の発言に耳を疑う。

今までなんでも思い通りにさせてくれたのに。嫁ぎ先も希望通りにしてくれると約束してくれたのに。急な命令に動揺が隠せない様子だ。

「そんなの嫌よ！　いきなりどうしちゃったの、お父様」

「黙りなさい。私は今までお前の我がままを散々聞いてきただろう。お前もこの国の王女なら、オルブライトの娘として妖精王の機嫌を取ってきなさい。でないとまた、自然災害が起こるかもしれぬ」

「災害って……ひどいわ、そんなの私のせいじゃないじゃない！　妖精に嫁ぐなんて絶対に嫌よ！　どうして急にそんなこと言うの。嫁がせるならお姉様にさせればよかったでしょう。……そうよ、妖精がアウディトレアの王子に嫁いだというのなら本物のお姉様はどこにいらっしゃるの」

「シャルロッテは消えた。もはやどこにいるのかわからぬ。生きているのかも死んでいるのかも……。私の娘ははじめからお前ひとりだけだった。そうだ、シャルロッテのことなどわからぬ、私は妖精など育てていない」

父王の病的な様子にアーシュラはたじろいだ。ぶつぶつと呟く姿はまるでなにかに取り憑《つ》かれているようだ。

アーシュラの背筋に寒気が走る。

今まで王家は妖精を蔑《さげす》んでいたのに、そんな得体の知れない相手に嫁ぐなど冗談ではない。

アーシュラは王家の姫が妖精王の生贄になる慣習が大嫌いだった。てっきり、妖精に愛されているのは姉のシャルロッテで、そのせいで不自由な生活を強いられているのだと思っていたのに。今は所在がわからないどころか、娘はアーシュラだけだと言い出した。消えた王女の存在を否定し、利用価値があるのはアーシュラだけ。すべての責任を娘に押し付けようとする父王の狭量と愚かさに、腸《はらわた》が煮えくり返りそうだ。

——なんで私が……なんで私ばかり惨めな気持ちにならなきゃいけないの！

華やかな美貌を持った姉姫が大嫌いだった。まったく似ていない容姿を比べられるのが嫌で、姉がオルブライトの妖精姫と噂されるのも気に食わなかった。その美しさすら妖精の力だと思っていた。

だがアーシュラには両親の愛情があり、自由があった。それが彼女の優越感を支えていた。行動に制限がある姉と違い、家族の優先順位は末っ子のアーシュラ、そして兄のクレメント。

シャルロッテとは滅多に顔を合わせずに済んでいたから、自分の醜《みにく》い劣等感が刺激されることもなかった。時折思い出しては優しい声をかけてあげるだけで、シャルロッテはうれしそうに笑い返してきた。いい子過ぎて腹が立つ。本性は人の皮を被った妖精のくせに。

「……ねえ、お父様。夏至祭には妖精もたくさん参加すると言われているじゃない。もしかしたら妖精王も見に来られるかもしれなくてよ。初代国王が結んだ約束はそろそろ更新してもいいんじゃないかしら。八百年も経っているのだもの、時代に合わせて交渉するべきだわ」

優しい声音で父王に囁きかける。

本当に妖精王が現れるなど思っていないが、その場しのぎの希望を与えなければ父王の要求は撤回されないだろう。

――生贄になどなるものですか。

蹲《うずくま》る父王の肩にそっと手をあてながら、アーシュラは唇をギュッと噛みしめていた。

第六章

他の人間の感情を喰らえばいい。シャルロッテの提案は耳を疑う暴言だった。

シャルロッテがその気ならそうしてやろう。シャルロッテよりもうまい人間がいるかもしれない。

ジークヴァルトは怒りのあまり衝動的に城を出て、滅多に足を運ばない人間の世界へ赴いた。

妖精王が喰らうのは花嫁の感情だけだが、他の人間のものを喰らえないわけではない。

日が沈んだ王都を歩き、ひと際賑わっている酒場に入った。

己の容姿が特徴的で目立つことは重々承知している。もめ事を起こしたいわけではないので、ジークヴァルトは気が進まないながらも髪と目の色を茶色に変化させていた。

「いらっしゃい！　お好きな席にどうぞー」

店内は客で賑わっていた。ガヤガヤとした声に時折笑い声が混じる。

店員に言われた通り空いていた席に座り、人間たちの様子を盗み見した。

大勢の人間がいる場に混ざることはこれまではほとんどなかった。興味深いが居心地が悪い。眉間に皺が寄りそうになるのを堪え、注文を取りにきた店員にお勧めの酒とつまみを適当に持ってくるよう頼んだ。

感情を自然に喰らうなら人に紛れるほうがいい。酒を提供する場なら、多少不自然なことがあっても判断力が低下しているため、不審に思われないだろう。

——うまそうな人間をさっさと見繕うか。

喰らうなら女がいい。男の感情を喰らったとしても、花嫁の味と比較するのは難しい。

「はいよ！　エールとうち特製の肉の香草焼きだよ」

酒場の女将がジークヴァルトの前に肉の盛られた皿を置いた。彼の顔を見て、惚れ惚れとした声を出す。

「見慣れない顔だけど、あんたいい男だね～」

「そうか」

「あたしがあと二十若けりゃね～」

恰幅のいい女将が感嘆のため息を漏らした。「二十どころじゃねーだろ」と隣の席から野次が飛び、女将が「失礼だね！」と怒っている。笑いの輪の中に巻き込まれることになり、ジークヴァルトは不思議な心地になった。

——人間は賑やかだな。

エールを一口飲む。しかし、薄い水にしか感じられない。

出された料理にも手を付けた。食べても栄養にはならないが、一口も手を付けないのは場の空気を悪くするだろう。

「お兄さん、ひとりなら、あたしたちと飲もうじゃないか」

男女三人で飲んでいたうちの女のひとりが勝手に隣の席に座った。二十代前半と思しき市井《しせい》の娘だ。「あっちが亭主なんだけど〜、同じ顔をずっと眺めてるのも飽きちゃって」と笑っている。

「本当、いい男ね〜、その顔を眺めてるだけでエールが五杯は飲み干せるわ」

「俺はお前の酒の肴《さかな》か」

「あはは、そうそう、いい男はごちそうさ」

ケラケラ笑う女からはうっすらと色欲が感じられる。

視線が絡まった瞬間、ジークヴァルトは女の感情を喰らおうとし——、激しい不快感がこみ上げた。

突然咳き込み始めたジークヴァルトに女は慌てて近寄る。

「ちょっと、大丈夫？　エールでむせた？」

女将が水を持ってくる。それを受け取りグラスの水を飲み干したが、普段飲みなれている薔薇水とは違うただの水で、これもまた口に合わない。

——空気は悪いし臭い。水もエールも薄くて不味い。

水を飲んでも吐き気が治まらない。花嫁以外の女から感情を喰らおうとしたことへの拒絶反応か。

「問題ない、手を煩《わずら》わせたな」

気遣う女と女将を不快にさせない程度の理性は保ち、ジークヴァルトは代金を置いて店を後にした。

その後すれ違った女から再度感情を喰らおうと試みたが、結果は同じ。激しい吐き気を催した。

——なんだこれは。

喰らおうとすればできるはずだが、身体が受け付けようとしない。一口舐めただけで猛烈な不快感が起こり、体内に取り入れるのを拒否してしまう。

「不味いどころではないぞ。クソ、とても食えたものじゃない」

何故食べられないのか。身体が拒絶する理由は、本能がこれではないと強く訴えているからか。口にするべき感情はただひとりのものだけなのだと。

「ロッティ……」

感情を喰らうのは腹を満たすためだけではない。相手の心を吸収し、己の一部にしたいという本能的な欲求もあるのだ。それに、相手を理解するには感情を喰らうのが早い。

――誰でもいいわけがあるかっ。

理解したい相手はひとりしかいない。己の一部にしたいのも、心に決めた相手のみだ。

　シャルロッテで心を満たしたい。それ以外は邪魔なだけだ。

　当の本人は勘違いをしているようだが、花嫁だからシャルロッテを喰らうのではない。

シャルロッテだから花嫁に選び、喰らいたいのだ。

幼い彼女の感情を喰らってから、ジークヴァルトは一度も他の人間を喰ったことがなかった。浮気などしていない。

「俺はただ腹を満たしたいだけじゃないぞ」

シャルロッテの心が欲しい。彼女の感情を喰らい、心を吸収したい。

――城に戻るか。

しかしすぐに戻るのは得策ではない気がした。しばらく留守をしている間に、シャルロッテはジークヴァルトを恋しがるようになるかもしれない。

幼いシャルロッテが持っていた絵本にも書かれていたではないか。離れている間に二人の絆が強まるのだと。

「……ふん、俺の不在を少しは寂しがればいい」

彼女の口から会いたいと言わせたい。向こうから求めてきたら、帰ってやろう。

城に戻ることをやめて、ジークヴァルトは人間界にしばらく滞在することを決めたのだった。

❀　❀　❀

「……そう、まだジークは見つからないのね」

「ええ、申し訳ございません。でも大丈夫ですわ、王様はお強いので、行き倒れていることなどありえませんし。しばらくしたら戻ってこられると思いますわ」

ジークヴァルトが行方不明になり一週間が経過した。

毎日朝になればふらりと戻ってくるのではと思いながら眠りに落ち、しかし翌朝になっても現れない。

自分は悪くないと思っていたシャーリーだったが、一週間も行方をくらましていることを思うと、徐々に自分も言い過ぎたのではと反省するようになっていた。

――イヴリンが言うように、ジークの身になにか起こったわけではないとは思うけど……、喧嘩別れをしてしまったままなのは嫌だわ。

ひとりの時間が増えるほどジークヴァルトのことを考えるようになっていた。他の人間の感情を喰らいに行っているのではないか。その相手は見知らぬ女性なのではないか。

自分以外の女性の感情を喰らうことを想像すると、不快感がこみ上げた。訳がわからないが腹が立つ。

自分から勧めたはずなのに、いざ他の人間……特に異性の感情を喰らう姿を想像するととても嫌だ。ましてや感情を高める方法として、毎晩行われていた淫らな行為と同じことをしていたら……。

「～～っ！　ジークの馬鹿っ」

手にしていたクッションを思わず壁に放り投げてしまった。自分でもわかるほど情緒が不安定だ。

「王様は花嫁様に愛されてますのね」

イヴリンが微笑ましい目で見つめてくる。

シャーリーは訝しげに彼女に顔を向けた。

「あら、花嫁様は王様が浮気をされているのを疑っていらっしゃるのでしょう？　他の女性が王様を誘惑し、自分以外の女性の感情を喰らっていたらと思うと面白くない……違いますか？」

「……その通りだわ」

「わたくしには、花嫁様は顔の見えない相手に嫉妬されているように思えますわ」

「……嫉妬？」

指摘されるとしっくりきた。確かにその通りだと納得する。

――この感情が嫉妬……なのね……。はじめて知ったわ、こんな気持ち。

今まで嫉妬心を抱くほど誰かと深く関わったことがなかった。羨ましいと思ったことはあっても、お腹の奥がふつふつと煮えるような苛々した想いははじめてだ。

そんな気持ちを抱く理由はひとつだ。

言い過ぎたかもしれないと反省するのも、嫌われたかもしれないと不安になるのも、嫉妬心を抱くのも。心がジークヴァルトに傾いているから。

「私、自分でも気づかないうちにジークの心が欲しくなっていたのね。他の人間の感情なんて喰らってほしくないし、私以外の女性に触れないでほしい……」

イヴリンは、壁に投げつけられて落ちたクッションを拾い、軽く表面の埃を落としている。そして、それをシャーリーに渡した。

「相手を想って切なくなる感情は、まさしく〝恋い焦がれている〟ということですわね。花嫁様は今、とても恋する女性の顔をしていますわ」

「こんな情けない顔が、恋する顔なの？」

「あら、恋を知った女性の顔はとても美しいのですよ。人は恋をすると、己の弱さや情けなさにも気づくそうですわ。だからこそ優しくなれますし、心が豊かになるのですわ」

「イヴリンは詳しいのね」

妖精も恋をするのだろうか。人間と同じように。

「薔薇の妖精は恋多き妖精なのです。わたくしも何度も経験しましたわ」

「そうなのね……！」

イヴリンが頼もしく見える。微笑ましい表情で見つめられていた理由もようやくわかった。

――私はジークの愛が欲しいんだわ。ちゃんと言葉で好きだと言ってほしい。

そして、相手に求めるだけでなく、自分もきちんと気持ちを伝えたい。

好きだと認めてしまうと、早く顔が見たくなる。シャーリーはクッションをギュッと抱きしめ顔を埋めた。本当は本人に抱き着きたい。

「もう少ししたら王様も帰ってくると思いますが、気分転換に散歩でもしてみたらいかがでしょう？」

外の空気を吸ったらどうかと勧められ、シャーリーは頷いた。ここ数日は中庭にすら出ていない。

「ありがとう、イヴリン。ちょっと歩いてくるわ」

「あまり遠くには行かれませんようにお気を付けくださいね。城の敷地内でしたら危険なことはありませんが」

「大丈夫よ、気を付けるわ」

ネモフィラを連想させる青いドレス姿のまま、シャーリーは中庭へ向かった。

通い慣れた道を通り過ぎ、中庭を歩いているはずだった。

だがぼんやりとしたまま歩き続けていたせいで、はっと気づいたときには、シャーリーは森の中にいた。

「……いつの間に森に？」

ここはまだ城の敷地内だろうか。

どうやってこの場に迷い込んだのかも覚えていない。まさか妖精の悪戯に巻き込まれたのだろうか。

「戻らなきゃ……」

来た道を戻り、森を抜けた。

だがそこにあったのは、ジークヴァルトの城の中庭ではなかった。

「……え？　ここは……」

少し歩き、その先に見えてきたのは大きな街だった。

「……オルブライトの王都……！」

馬車でしか通ったことがないが、はっきりとわかる。ここはシャーリーが生まれ育った国の王都だ。市井の者たちは賑やかな音楽を奏で、街の中心部の広場では無数の人間が楽し気に踊っている。その様子から祭りが開催されているのだと気づく。

——これは夏至祭だわ。

一年に一度、最も日の長い夏至の日に開催される祭りだ。豊穣を祝い、自然の恵みを与えてくれる妖精に感謝する。

国中の貴族たちが領地の特産品を使った料理を振る舞い、朝から日が暮れるまで歌って踊る賑やかな一日となる。毎年この祭りが開催される日は、早朝に恵みの雨が降り、天には虹がかかるそうだ。

まさか祭りの日に国に戻れるとは思ってもいなかった。夏至の日は妖精と人間の世界の境界線があやふやになるのだろうか。

——どうしよう、このままここにいていいのかしら。でも帰り方がわからない……。この格好は目立つかしら？

青いドレスは軽くて機能的だが、オルブライトの流行りではない。だが周囲を見回せば、人々は各々個性的な衣装を身に着けていた。

妖精を彷彿とさせる格好がこの祭りの衣装のようだ。普段は慎ましい格好を好む民も、この日は奇抜で鮮やかな色合いの服を纏っている。

顔を覆い隠すものがないのは少々心もとないが、第一王女の顔を知っている者はこの街にはいない。蜂蜜色の髪は目立つが、奇抜な格好をしている者たちの中では地味な部類だ。

——噂でしか知らなかったけれど、すごく賑やかなのね。

祭りは朝から盛り上がっていたはずだが、夕方になっても熱気が冷めていない。

笛を吹いたり楽器を奏でたりダンスを楽しむ人々を横目で見ながら、シャーリーはひっそりと周囲に溶け込んだ。

こんな機会は二度と訪れないだろう。目新しい露店を眺めながら、人の流れを避けて歩く。

「お嬢さん、よかったらこれ食べな。うちの無花果《いちじく》の菓子はうまいぞ」

露店の店主がシャーリーを手招きした。差し出されたのは伝統的な無花果のお菓子。ビスケット生地の中に無花果のジャムが入ったものだ。

「あの、私お金を持ってきていなくて」

庭を散歩するだけの予定だったので手ぶらだ。

だが気のいい店主は、「お金はいらないよ」と菓子を分けてくれる。

「ありがとうございます。……おいしいわ」

「そうだろう、うまいだろう。せっかくの祭りだ、楽しんでいきな」

ワインを飲みながら、店主はシャーリーに笑いかけた。人の温かさに触れて、心が少し軽くなる。

隣の店は雑貨屋だった。中に入ると店内には羽根ペンや陶芸品などが並べられている。

隅のほうに、自鳴琴《オルゴール》がいくつか並べられていた。手のひらにのる小さなものから、持ち歩きには不便な大きなものまで。触れてみてもいいだろうか。

手を伸ばそうとしたとき、ポロロン、と自鳴琴が音を奏でた。シャーリーは触れていない。よく見ると傍で小人のような妖精がねじを回していた。

――ええ？　本物？

オルブライトで妖精を目にしたのはこれがはじめてだ。思わず声が出そうになるのをとっさに堪える。

「お客さん、いらっしゃい。大丈夫よ触っても。ああ、もしかして触ってなくても音が鳴ったから驚いてるのかしら。よくあることよ、悪戯好きな妖精が驚かせようとしたのかもしれないわね」

店主の女性が奥からやって来た。皿を持っているようで、砂糖をまぶした豆が盛られていた。彼女はそれを自鳴琴が並ぶ棚にコトンと置いた。

「あの、これは妖精へのおもてなしですか？」

「そうよ、不思議なことに誰も店内にいなくても、豆が減ってるのよ。ネズミが食べたんじゃなければ妖精が食べたに違いないわ。私たちは皆、良き隣人と共存しているのよ。彼らにこうしてお菓子をあげると、お手伝いしてくれることもあるし」

妖精の姿が視えなくても存在を信じている。不思議な関係だ。

作りかけの革靴や楽器など、気づくと出来上がっていることもあるらしい。だから人は妖精に優しく接する。

「最近土砂崩れがあって、鉱山の一画が封鎖されちまったでしょう。妖精の加護が弱まってるとか言う輩も増えてねぇ。ピリピリしてる人間もいるっちゃいるけど、無事に祭りができてよかったよ」

「……そうなんですね」

土砂崩れがあったことなど知らなかった。自然災害など起こったことがないオルブライトでは、大きな事件だ。民が不安になるのも当然だろう。

――私は知らないことが多いわ。この国で生まれ育っても、なにも知らない。妖精がこんなにも市井の人たちに受け入れられていたことも、姿が視えなくても支えあっていることも。

シャーリーは店主に挨拶し、店を後にした。

注意深く周辺を見回してみると、妖精の姿を確認できた。

音楽を楽しむ人々の合間をすり抜けて飛ぶ妖精はとても小さい。まだ若い妖精なのだろうか。イヴリンから得た情報では、妖精はほとんどが人型をしているという。小さな者は力が弱く、若輩者らしい。

――本能で人に寄ってきてはお菓子を貰って、店に居ついてるのかしら。

大勢の人が集まり楽器を奏でている広場には、人に交じった妖精がいた。ダンスを楽しむ姿に人と違うところは見当たらないが、婚姻式に参列していた妖精と同じ独特な気配がする。

　ここならジークヴァルトも紛れることができるのではないか。いや、彼の華やかさは隠しきれるものではないかもしれない。

「絶対目立つわ。髪色を変えても無駄だと思う……」

　立ち居振る舞いから滲みでる気品は隠し通せるものではない。ゆったり歩いているだけで王者の品格が漂うのだ。

　──でももしかして、ジークも紛れているかもしれないわ。

　楽し気な音色につられて広場に来ていないだろうか。

　そんなことを考えながら周囲を見渡していると、背後から誰かに手首を摑まれた。

「ジ──……、っ！」

「何故あなたがここにいるの？」

　ジークヴァルトかと思いきや、手首を摑んできたのはシャーリーと背格好が変わらない若い女性だった。

　色鮮やかな服装はこの祭りに溶け込むよう選ばれたものだろうが、一目見て仕立てのよさがわかる。花の装飾が施された帽子を深く被っていて顔を隠しているが、その声には聞き覚えがあった。少女が帽子をとると、栗色の髪が背に落ちる。

「ごきげんよう、お姉様。アウディトレアに嫁がれたはずなのに、どうしてここにいるのかしら」

「……っ」

妹のアーシュラだ。

まともに顔を合わせるのは一年ぶりだった。元気そうな姿に安心するが、「アウディトレアに嫁がれたはずなのに」という彼女の言葉には後ろめたい気持ちになる。

――まさかアーシュラまで祭りに参加していたなんて。

幽閉されていたシャーリーと違い、アーシュラに外出の制限はない。だが彼女は妖精を嫌っているため、妖精を称えるこの祭りは毎年参加していなかったはずだ。

アーシュラは思ったことを口に出す。欲しいものは欲しいと言い、嫌いなものは嫌いと言う。その自由奔放なところは少し羨ましくもあった。

だが、今のように敵意をむき出しにした目で見られるのははじめてだ。シャーリーの身体は自然と強張ってしまう。

「どうして黙っているの？　なにかやましいことでもあるのかしら。アウディトレアの王子が嫌で逃げ出してきたとか？　いいえ、いい子ちゃんなお姉様ならそんなことはしないはずだわ。嫌だと思っても健気に耐えて、どんな理不尽な目に遭っても逃げることはないわよね」

「アーシュラ……？」

広場の隅へ追いやられる。一体その細腕のどこにこんな力があるのかと思えるほど、シャーリーの手首は強く握られていた。

困惑するシャーリーに構わず、アーシュラは溜まっていた鬱憤を吐き出す。

「その目、本物のお姉様よね。じゃあやっぱりアウディトレアに嫁いだのは偽物なのかしら」

「……っ！」

「お父様が仰るには、アウディトレアに嫁いだのはお姉様の偽物で、本物は行方不明らしいわ。生きているのか、妖精に攫われたのか野垂れ死んだのかも不明ですって」

シャーリーの喉がひくりと詰まった。冷たい眼差しには家族の情が感じられない。

「ねえ、お姉様。本当は醜い妖精王のもとへ嫁いだんでしょう。お姉様が妖精王の生贄になったのなら、私は必要ないわよね。でも、花嫁を娶ったはずなのに、どうして土砂崩れなんかが起きるのかしら」

「アーシュラ、落ち着いて。二人きりで話し合いましょう」

喧騒に紛れているため二人のことを注目している人間はいない。だがそれもアーシュラが興奮しなければの話だ。このまま落ち着いて会話ができるかもわからない。

しかしアーシュラは聞く耳を持つつもりはないらしい。鬱陶しそうにシャーリーを睨みつける。

「妖精王に嫁いだくせに、まともに役目も果たさないからこの国に災害が起こったのよ。お姉様が妖精王の機嫌を取っておかないから、土砂崩れが発生したんだわ！」

「――っ！」

確かに、ジークとは喧嘩をしてしまった。もし土砂崩れが自分のせいだとしたら……。

いやそれよりも、今はこの場にいてはいけない。

アウディトレアに嫁いでいるはずの王女がひとりでこの場にいると知られたら問題だ。

――振りほどけないわ……。手首が痛い……。どこにそんな力があるの？

アーシュラの、絶対に逃がさないという気迫が伝わってくる。もしも彼女の拘束を逃れられたとしても病弱だったシャーリーの足ではすぐに追いつかれてしまうだろう。

「――なにを騒いでおる」

そのとき、前方から聞き慣れた声がした。

――この声は……。

目元を仮面で隠して仮装をしているが、間違いない。

「お父様！」

アーシュラがうれしそうに声を上げた。

父王はアーシュラを見、シャーリーを一瞥すると、移動を促した。このまま注目されるわけにはいかないと判断したらしい。

――まるで罪人の気分だわ。

背後には護衛の騎士、隣ではアーシュラがしっかりとシャーリーの腕を握っている。

目の前を歩く父王は人気のない場所へ来ると足を止めた。

祭りの喧騒が耳に届く場所だが、周囲には人がいない。森の手前にあるこの広場は街灯も少ない。

空は茜色から夜の色へと変化し始めている。肌を撫でる風がピリリとした緊張感を孕んでいた。

「どういうことだ、アーシュラ」

シャーリーと国王の視線が交わる。

だがその目には家族の情など一切感じられず、得体の知れないものを見る目で見つめられた。まるで化け物を見る目だ。蔑みすら浮かんでいることに、シャーリーの心がズキンと痛んだ。

「お姉様が祭りに紛れていたのを見かけたから、保護したのよ。アウディトレアに嫁いでいるはずなのにこの場にいるのはよろしくないでしょう？」

「シャルロッテ、何故ここにいる。フレデリック殿下はどうした。まさか妖精らしく喰い殺したのではあるまいな？」

「……っ！」

全身が恐怖に包まれて、震えて声が出せない。

――喰い殺した、だなんて……。

そんなふうに思われていたのか。

薄々勘づいてはいたが、やはり父は自分を人間として見ていなかったのだと気づかされた。

そもそも、妖精から守るためという理由で幽閉すること自体、妖精を信仰する国王としておかしかったのだ。

期待などとうに捨てていたはずなのに、やはり辛い。心が凍えて動かなくなる。

「アウディトレアで会ったのはお前ではないな。あれは我らの前で目の色を変化させてみせた。お前の目はどうだ？　変化させられるなら今すぐさせてみせろ」

「まあ怖い、自在に変化させられるなんて、本当に化け物みたい。美しい皮の下になにを隠していらっしゃるの？」

アーシュラが嘲りの混じった声でくすくす笑う。爪を立てた指でドレスの袖の上からガリッと腕を握られた。

「――っ！」

「あら、痛いの？　妖精にも痛みがあるの？　じゃあその身体に流れる血も赤いのかしら？」

「や、やめて……！」

「お母様が仰ってたわ。妖精には青い血が流れているって。人の皮を剝いだら人を喰らう化け物が現れるって」

幼い頃、王妃に『どうして赤い血が流れているのか』と言われたことがあった。恐らくそのときにはもう、母は精神的におかしくなっていたのだ。

このままシャーリーがひとりで窮地を切り抜けるのは難しい。城の牢獄に幽閉される可能性が濃厚だ。

――いえ、捕らえられるだけとは限らないわ。

政略結婚をしたシャルロッテは別にいる。この世界にシャルロッテは二人もいらない。余計な人間はどうするべきか――。考えるだけで背筋が凍りそうだ。

「……お前が偽物だろうと本物だろうとどちらでも構わん。だがこの世界にお前と同じ顔の人間が二人もいるのは都合が悪い」

国王が片手をあげた。護衛への合図だ。

一斉にシャーリーへ視線が集まる。その眼差しの鋭さにますます身体が委縮する。

――イヤ……怖い……！　ジーク……！

ジークヴァルトに会いたい。ちゃんと顔が見たい。頭に浮かぶのはジークの顔だけだ。

――きちんと会話がしたかった。食糧としてでもいいから、傍にいさせてとお願いすればよかった。他の人間なんか選ばないで、食べるなら私だけを喰らってほしい。もっと彼の口に合うようなおいしい感情を喰べさせてあげるから。

欲求が次々と湧き上がり、シャーリーに活力を与える。

「……っ、私を、放して！」

シャーリーが自由な手でアーシュラを力いっぱい押した。

「きゃあ！　痛いっ！」

尻もちをついたアーシュラが大げさなほど痛みを訴える。その隙にシャーリーは近衛騎士の守りが薄いほうへと走りだした。

「ジーク……！　ジーク……！」

「早く捕らえて！　牢獄に連れて行って！」

アーシュラがそう命じた瞬間、突風が広場に舞い込んだ。

「――ッ！」

髪が風に煽られる。

思わず足を止めたシャーリーの鼻腔を、嗅ぎ慣れた香りがくすぐった。

すぐさま視界がなにかに覆われると、懐かしい匂いと温もりに包まれた。

「醜いな……化け物はどっちだ？」

頭上から落ちてきた声は、シャーリーが一番聞きたかった声だ。

「……っ、ジーク」

「無事か、ロッティ」

父王やアーシュラの視線から守るように、ジークヴァルトに抱きしめられる。

彼の顔を見た瞬間、シャーリーの目は潤み、視界がぼやけた。

「ううぅ……っ」

力いっぱい抱きしめると、逞しい腕が抱きしめ返してくれる。その力強さに安心してまた泣きたくなる。

「待て、まだ泣くな。あとで存分に泣かせてやるから、今は耐えろ。泣き顔を俺以外の奴に見せるんじゃない」

傲慢な言葉も今は優しく聞こえる。

涙腺は崩壊寸前だが、シャーリーはグッと堪えた。父たちに情けない顔を見られるのは嫌だ。シャーリーにも矜持《きょうじ》がある。

「……泣いてないわ」

強がりであることはお見通しだろうが、ジークヴァルトは場違いなほど麗しく微笑んだ。

それから、見るものをくぎ付けにする笑みで周囲を威嚇《いかく》する。

「な……お前は誰よ!?」

「無礼だな。口の利き方もなっていない小娘に名乗る名などない」

ジークヴァルトの微笑が氷の刃に変わる。嫌悪感を隠しもしない表情を見た瞬間、妖精の性質を思い出した。

――妖精は確か、鏡のような存在って……ジークはひねくれてるからわからなかったけど、好意には好意を、敵意には敵意を返すって言ってたような……。

敵意を向けられた妖精王は憎悪を増幅させている。周囲の空気がねっとりと濃く、重いものに変わっていく。

「俺の花嫁を奪おうとする奴らは全員敵だ」

「貴様、妖精王か！」

父王の声には憎しみが混じっている。昔の王家は妖精と親密だったのに、どうしてこんなふうに歪んでしまったのか、シャーリーにはわからない。だが父王の怒鳴り声を聞いてもシャーリーはもう竦むことはなかった。それは、ジークヴァルトが絶対にシャーリーの味方だとわかっているからだ。

風のざわめきが増した。

耳を澄ますと、妖精の囁きが混じっている。妖精王の怒りに同調し、集まった仲間だろうか。

【王様がお怒りだわ】

【恐怖に怯える活きのいい人間の雄たちと、虚勢を張った人間に、醜く喚く小娘が一匹……全部で何匹？】

【すべて喰らいつくせばいい。憎悪も恐怖も残さず味わってやろう】

護衛の騎士たちが動揺を見せた。彼らの耳にも妖精の声が聞こえているらしい。

にじり寄る妖精たちの目が赤い。舌なめずりをする舌も蛇のように長く、今にも騎士に襲い掛かろうとしている。

ケラケラ笑う妖精たちが、父王や妹、騎士たちの周囲を飛び回る。

中に閉じ込められた彼らはどんな光景を見せられているのだろう。妖精たちの無邪気な笑い声に、くぐもった呻き声や悲鳴、叫び声が混ざる。

「醜い感情を好んで喰らう同胞もいる。あいつらはまさにそれだ」

蝶の鱗粉《りんぷん》に似た細かな粒子が舞っている。それを吸い込んだ人間は、己が最も恐れる幻覚を見せられるのだという。

妖精が彼らの恐怖心を言葉にする。

【こいつは、目玉を抉られ臓物を引きずり出されたいらしい】

【こいつは、最も愛する者からこいつの記憶を抜いてやろう】

【隠し事が暴かれることがそんなに怖いか。ああ、愉快愉快】

妖精の声に混じり、アーシュラの悲鳴が響いた。

「イヤよ、止めてよ！　お願い来ないで！　もう、私が悪かったから――っ！」

妖精は人間の恐怖心を煽っては喰らい、ケラケラと楽し気に笑っている。美しくて残酷な妖精が少しだけ恐ろしく思えた。

「わかっただろう。この国にお前の居場所はない。家族と国を捨て、俺を選べ」

「……私はもうとっくにジークを選んでいるわ」

早く帰りたいという意志を込めて、シャーリーはジークヴァルトに抱き着いた。

ジークヴァルトはシャーリーの答えを満足そうに受け止めると、彼女を抱き上げる。

「さっさと帰るぞ」

彼の言うとおりだ。オルブライトには自分の居場所はない。シャーリーにこの国への未練はもうなかった。

【憎悪が増えたらまた喰える】と喜ぶ妖精たちから視線を逸らし、シャーリーはジークヴァルトの首にギュッと腕を巻き付ける。

この逞しい腕の中が自分にとって一番安心できる場所なのだと改めて実感していた。

❀　❀　❀

妖精王の城に戻ると、ジークヴァルトはシャーリーを抱き上げたまま私室へ向かった。

彼がこの城に帰ってくるのは一週間ぶりだった。

気まぐれに城を離れることはあっても、数日間無断で外泊することは珍しいらしい。ジークヴァルトの顔を見たイヴリンは小言をすべて我慢した様子で、一言「お帰りなさいませ、王様」と出迎えていた。

「しばらく部屋に来なくていい」

「さようですか、ではご用の際はベルを鳴らしてくださいませ」

一礼し、イヴリンはにこやかに去っていく。去り際にシャーリーと視線が交わり、にっこりと微笑まれた。

床に下ろされないままどこかへ連れて行かれているため、イヴリンの姿を確認できたのは一瞬だったが。

「……あの、待って。そっちは浴室よ？」

「ああ、穢れを落とす場所だ。ずっと外にいたのだから、きちんと綺麗にしなければいけない。浄化が必要だ」

ジークヴァルトはどうやら相当腹を立てているらしい。「あの国は空気が悪くなった」と悪口まで呟きだした。

「それならお先にどうぞ。私は後で入るわ」

「お前、この状況でひとりで入らせると思っているのか？」

「拒否権は……」

「ない」

きっぱりと断られた。何度も一緒に湯浴みをしているのに、久しぶりに入ると思うと、はじめてのとき以上の緊張感に襲われる。

「少しの時間も惜しい。俺は早くお前を喰らいたい」

「……っ！」

熱っぽい吐息がシャーリーに降り注ぐ。直球な物言いがシャーリーの緊張をさらに高めた。

喰らいたいというのは、感情を喰らって腹を満たすだけの意味ではないだろう。シャーリーのすべてを味わいたいのだという気持ちが伝わり、顔に熱が上る。それでもシャーリーはあえて尋ねた。

「あの……、感情だけ？」

「いいや、全部だ。お前の感情も心も身体も、すべて俺によこせ」

床に下ろされ、色香が漂う笑みを見せられる。からかいの色は見当たらず、彼の本心なのだと信じられた。逃げることもできず破壊力のある笑みを正面から受け止める。

――どうしよう、もう心臓がもたないわ……！

求められることがうれしいのに、何故だか無性に気恥ずかしくて、思わず目を逸らしてしまう。

——好きだと実感したとたん、まともに顔を見られなくなるのは何故なの。

こんなに傍に居てくれることが頼もしくて心強いのに、心が裸足のまま逃げ出したくなる。

「ロッティ、なにを恥ずかしがっているんだ。……ああ、脱がせてほしいのか。手がかかる花嫁だ。だが俺は優しいからな。お前が望む通り手伝ってやろう」

手早く自身の服をすべて脱ぎ去ると、ジークヴァルトはシャーリーの服に手をかけてくる。

「そ、そんなの頼んでないわ……！」

「遠慮は無用だ」

ジークヴァルトは全裸のままシャーリーのドレスを脱がせ始めた。

——目のやり場が……！

「先に入っててください。すぐ行くから……！」

「それはお願いか？」

「え？」

「お前がお願いだと言うなら応じてやろう」

不遜な言い方だが、シャーリーはこくこくと頷いた。脱がされることを回避したい。

「仕方ないな、花嫁の願いなら従ってやる」

シャーリーのドレスから手を放し、ジークヴァルトは浴室へ去った。

出会った頃のジークヴァルトと比べると随分気遣いをしてくれるようになった。

ドレスを脱ぎ、気合いを入れて浴槽へ向かうと、彼はすでに湯に浸かっていた。

「滑るなよ」

「大丈夫よ」

浴槽はつるりとした岩が使われており、気を付けないと足が滑りそうになる。

ジークヴァルトに見守られながら湯に浸かるのは妙な緊張感がある。だがちょうどいい温度の湯に身体を沈めると、強張っていた身体から力が抜けた。

「ふふ、気持ちいい」

いい湯加減だ。身体を深く沈めるだけで一日の疲れがゆっくりと取れていく。

だが瞼がとろりと落ちそうになった瞬間、前方からピュッとお湯が飛んできた。顔めがけて湯をかけられて、シャーリーはとっさに目を閉じた。

「きゃっ！　なに今の」

「隙だらけだな」

ジークヴァルトは子供の悪戯が成功したように笑っている。彼は両手を軽く合わせ、親指同士の間に隙間を作っている。どうやら手をギュッと合わせて隙間を埋めることで湯を飛ばしたようだ。

仕返しがしたい。うずうずした気持ちでシャーリーも同じように両手を合わせる。一度、二度と試してみると、湯が弧を描きジークヴァルトに当たった。

頭に水飛沫をかけられて、ジークヴァルトは片手で額を拭う。

「やった！　できたわ」

「仕返しのつもりか？」

「そうね、やられっぱなしは面白くないわ」

続けざまにもう一度試す。今度はもう少し強く湯が飛び、ジークヴァルトの鎖骨のあたりに直撃した。彼の端整な美貌が歪む。

「なるほど、いい度胸だな。俺を攻撃できるのはお前くらいだぞ」

「先に仕掛けてきたのはジークじゃない。って、ひゃ！　ずるいわ。連射してくるなんて。手の大きさが違うから威力が違うのよ！」

大人げなくジークヴァルトがシャーリーに仕返ししてきた。顔も頭もびっしょり濡れてしまった。

飛距離にも差があるようだ。手の角度などコツがあるのだろう。

自分の手のひらをまじまじと見つめていると、思いがけないことを言われた。

「笑ったな、ロッティ」

言葉の真意がわからず、首を傾げる。

「お前を見ていると、不思議と怒らせたくなるし泣かせたくなる」

「え……」

それは嫌だ。無意識に後ずさる。

しかしジークヴァルトがシャーリーの手首を捕まえた。

「だが、一番は笑った顔がいい。……ああ、驚く顔も悪くないな」

両手で頬を摑まれる。大きな手で頬を包み込まれると、顔に熱が集まってきそうだ。

「俺の前で感情を消すな、心を隠すな。思ったことは素直に顔に出せばいい。一口喰えばお前の感情などすぐわかる。隠すだけ無駄だ」

前にも同じことを言われたことがある。けれど今の彼の言葉に込められた意味は前とは違う気がした。

「怒っても泣いてもいい。ありのままのお前がいい」

「でも、私以外の人間を食べに行ってたんでしょう？　ずっと姿を消してて行方不明だったじゃない」

食べてきたらいいと言ったのはシャーリーだ。自分が提案したことに不満を持つのもおかしいが、不快感は消えない。

ジークヴァルトはあからさまに渋い表情になった。

「確かに喰らおうとした。オルブライトの酒場に行き、適当につまみ食いをしてみようと試みた。だが不味くて喰えん。いや、不味いというのも違うな……吐き気を催すほどの拒絶反応が出て食うまでいかない」

「それは花嫁じゃないから？」

「わからん。人間の感情は花嫁以外でも喰えるはずだ。腹の足しにも栄養にもならんがな。だが、身体が受け付けなかった。身体だけでなく、俺が嫌だった。お前以外を口にするのは嫌だと思ったのだ」

「……！」

ジークヴァルトに腕を引かれ、正面から抱きしめられる。

パシャンッ、と大きく湯が跳ねた。

素肌が触れ合う。シャーリーの右手がジークヴァルトの心臓の上に触れると、彼の鼓動が手のひら越しに伝わってきた。自分と同じく鼓動が速い。目を見つめると、見慣れた妖精色の瞳はどこか柔らかく、優しい光を宿していた。

「ロッティ、俺はお前のすべてが欲しい」

「でも、私の味だって感情によっては口に合わないかもしれないわよ。不味かったりいまいちだったりすると思うわ」

「構わん、どんな味だろうがロッティなら。だから無理をして心を取り繕おうとするな。

偽りなんかいらない、本心だけを見せろ」

濡れた手が頬に触れてくる。少し硬めの皮膚がそっと目の下を撫でた。まるで涙の痕を拭うような仕草がシャーリーの涙腺を刺激する。

「私を……愛してくれるの？　私にあなたの愛をくれる？」

「俺が与えられるものは全部与えてやる。お前を誰にも渡したくない、お前の心を俺で満たしたい。お前の喜ぶ顔が見たい。泣かせる奴は殺したい。そう思うこの感情が愛ならば、俺はお前を愛している」

物騒な台詞も妖精王らしくて、シャーリーは思わず笑ってしまった。

気持ちを言葉にしてくれたことがうれしい。ジークヴァルトの気持ちがわからなくて悩んだこともあったが、彼の表情と言葉は、十分にシャーリーへの愛を物語っていた。

「私も、私があげられるものは全部あげたい。あなたの心を私でいっぱいにしたいし、他の人間の、特に女性の感情なんて喰らってほしくない。ジークの心も身体も、満たせるのは私だけでありたい」

視線が交差する。

言葉で表すことのできない熱量がその瞳の奥に宿っていた。その目で見つめられるだけでくらりと眩暈がしそうだ。シャーリーの胸の奥を焦がす。

「ああ……、これが愛の味か。今まで喰らった中で一番うまい。極上の、花嫁の味だ」

脳髄を蕩かす声だ。彼は一体どんな味を味わっているのだろう。

——私もジークの愛を食べられたらいいのに。

共有したいと思ってしまう。彼の愛の味がわかれば、きっとさらに虜になってしまうだろう。

「もっと食べて。私を味わって」

ジークヴァルトの目を見つめながら、シャーリーが微笑んだ。彼の眼差しに濃密な色香が混じり、見つめられるだけでシャーリーの快楽が引きずり出されそうだ。

「もう、俺のもとから逃げたいと言っても逃がさない。逃がしてやれない」

「逃げたりなんてしないわ」

近づいたのはどちらからだったのか。ゆっくりと互いの唇が合わさっていく。

「ン……」

瞼を閉じると他の感覚が研ぎ澄まされる。腰に回った腕は逞しく、安定感がある。ジークヴァルトの上に乗り上げ、向かい合うように密着していた。身じろぎをすると湯が跳ねる。互いの口内を貪る唾液音と息遣いが、より一層シャーリーの官能を高めていく。

「ふ……、んぁ……っ」

——心臓が速くて痛い。頭も身体も熱い……。

きっとジークヴァルトにも鼓動の速さは伝わっているだろう。互いの熱を奪い合う口づけがシャーリーの思考を奪っていく。ジークヴァルトの胸板に密着したシャーリーの胸の先端が尖り始めた。

「ジー……ク」

舌を強く吸われ、唾液が奪われる。ぞくぞくとした痺れが背筋を駆け巡り、腰のあたりがずくんと疼いた。いつの間にかシャーリーの腕はジークヴァルトの首に回っていて、自分から抱き着く体勢になっている。

肩甲骨の間を撫でて背骨を辿り腰のくぼみまでジークヴァルトの手が這う。撫でられる箇所に意識が集中し、体内に熱がこもっていく。

「ああ、その目だ。お前の目が熱を帯びてとろりと溶けている。俺だけがその目に映されているのは悪くない」

赤く熟れた果実を喰らうように、ジークヴァルトはシャーリーの小さな唇に歯を立てた。下唇を舌先でぞろりと舐められる。頭からつま先まで食べられてしまいそうだ。

濃厚な口づけに心地よさを感じながら、シャーリーは乱れた呼吸を整えようとする。

「唇も呼吸も、すべて甘い。酔いそうだ」

それはシャーリーも同じだ。口づけをされるだけで頭も身体も溶けてしまいそう。甘い蜜を味わっているような心地にさせられる。

――もっと、もっと欲しい。

「……私も、ジークを味わわせて」

シャーリーはジークヴァルトの口内に自ら舌を差し込んだ。自分から積極的な行為をしたのははじめてだ。腰に回った腕の力がグッと増し、後頭部にも手を添えられる。

「ンン……」

ジークヴァルトの舌に己のものを絡ませるのははじめてだ。たどたどしい動きは徐々に大胆さを増していく。彼の肉厚な舌を、ざらりと舐めては吸い、互いの唾液音が浴室に響く。

「ンン……」

うっすらと目を開けると、ジークヴァルトと視線が交わった。目尻を赤く染め、目が潤んでいる。その目が淡く光ったのに気づき、感情が喰われていることを悟る。

──もっと食べてほしい。私で全部満たされてほしい。

お腹のあたりには熱くて硬いものが当たっている。ジークヴァルトの欲望がすっかり雄々しく存在を主張している。そうさせているのが自分なのだと思うと、シャーリーの下腹がキュウ、と収縮した。

「ロッティ……ここで抱くぞ。嫌なら全力で抵抗しろ」

シャーリーの腰にジークヴァルトの手が添えられ、ぐいっと膝立ちにさせられた。

「嫌じゃないわ……私も、早くジークとひとつになりたい」

今までは、彼と交わるのは身体をこの世界に馴染ませて命を長らえさせるためだと、どこかで言い訳をしていた。けれど今は自分の身体のためでなく、純粋に、心から彼と繋がりたい。

両手を彼の肩にのせる。ジークヴァルトは頭を下げてシャーリーの胸に喰らいついた。

「アァ……ッ」

胸の頂を強く吸われ、背筋に震えが走る。子宮がずくんと疼き、身体の奥に熱がこもった。

「いやらしい果実だな」

舌先で胸の赤い実を転がしてくる。時折歯を立てられ、甘噛みをされた。蜜をこぼす秘所にはジークヴァルトの屹立が触れている。直接指で触れられてもいないのに、自分でもわかるほどすでにそこは熱く熟れていた。

――こすられるともどかしくて、でも気持ちいい……。

ぐちゅぐちゅとジークヴァルトの雄が入口で前後に往復する。時折花芽をかすめられると得も言われぬ快感が湧き上がった。

「ぁあ……、もう……」

「腰が揺れてるぞ、ロッティ」

肉厚の舌が首筋を舐める。

もはや触れられる箇所がすべて性感帯のようで、シャーリーの身体がぴくんと跳ねた。

何度もこすられていた膣口に欲望の先端が押し当てられる。両手で支えられていた腰がグッと下げられて、シャーリーの隘路を押し広げていく。

「ンゥ……ッ、アア……」

「っ……熱いな」

慣れない体勢は苦しいのに、身体も心も満たされていく。しばらく繋がっていなかったからすべてを呑み込むのに時間はかかったが、いつも以上に深く繋がることができた。

「あ……ン、くるし……」

「すぐに持って行かれそうだ……っ、あまり締め付けるな」

苦しげに眉をひそめる表情が色っぽくて、その顔を見ているだけでシャーリーの胸がキュンッと締め付けられた。同時に、中に咥えこんでいる彼の雄も締め付けてしまい、ジークヴァルトが艶めいた吐息を零す。

「ロッティ……」

熱っぽく恨みがましい眼差しは、シャーリーの乙女心をたまらなく刺激する。

好きという気持ちが加速している。彼の表情をもっと見たくて、彼の目に自分だけが映っていることがうれしくて、シャーリーはジークヴァルトの頬に手を添えた。

「私を食べて。私の心を受け取って」

「先ほどから喰らっている。こんな恍惚《こうこつ》感を知ってしまったらもうお前を手放せない。俺はお前以外はいらない」

嘘も偽りも感じられない気持ちが伝わってくる。恍惚感というのがどのような味なのかわからないが、シャーリーも紛れもなく同じ気持ちを味わっていた。

弱いところを何度も強く刺激され、シャーリーの口から甘い嬌声が漏れる。理性が薄れ、ジークヴァルトの愛に溺れてしまいそうだ。

「アァ……ジーク……っ」

名前を呼んだのと同時に、ジークヴァルトの白濁が最奥に注がれた。じんわりとした熱が広がっていくのを心地よく感じる。

――いつか子供ができるのかしら……。

荒い呼吸を整えながら、シャーリーはぼんやりと未来を考える。

優しい眼差しで見つめられながら、目尻に触れるだけのキスを落とされた。

手放せないのは自分のほうだと感じながら、シャーリーは抱きしめられる腕にそっと触れた。

第七章

アウディトレア王国の第二王子の妃、シャルロッテ・オルブライトが急逝《きゅうせい》した。

結婚生活はわずか半年と短く、二人の間に子供はいない。流行り病にかかり、高熱を出した数日後に息を引き取ったそうだ。

最愛の妻を失い、アウディトレアの第二王子はしばらく喪《も》に服すことになった。シャルロッテの棺《ひつぎ》は彼女が愛した花で埋めつくされ、葬儀はひっそりと執り行われた。


「……で、お前の夫は泣き暮らしているわけか」

「私の夫ではないし夫だったとしても元夫ですわ」

「だが半年も共に過ごしたのなら多少の情は生まれたのではないか」

「お兄様の口から情だなんて、珍しい。妹ですら退屈しのぎの道具扱いですのに」

シャルロッテとしてアウディトレアに嫁いだジークヴァルトの妹、エスメラルダが帰ってきた。今二人はジークヴァルトの執務室にいた。壁一面の本棚に囲まれ、その棚の一部には怪しげな小瓶が並んでいる。部屋の一角には椅子とテーブルが置かれ、その上には銀でできた水盆があった。映し出されているのはアウディトレアの今の状況だ。

エスメラルダは本来、艶やかな黒髪に緑色の目を持つ妖精だ。彼女の目は切れ長で、シャルロッテの柔らかな印象とは真逆だが、素顔のままでも妖艶な美女として国を傾けられただろう。

彼女は気怠げな様子で寛いでいる。妖精と契約を交わしていない土地に長期間滞在したのだからだいぶ疲れが溜まっているのだろう。労いの言葉をかけつつ、「シャルロッテ」の最期について聞きだす。

「第二王子はお前を愛していたのか」

「さあ、私には愛がなにかはわかりませんが、優しく大切にしてくださったと思うわ。社交界では女性に人気がありましたし、女性の扱いは悪くなかったかと。美しい女性たちから羨望と嫉妬の眼差しを浴びるのは気分がよかったですわ」

「シャルロッテの棺には誰を入れた」

「背格好が似ていた少女を。ああ、ご心配なさらずとも都合よく亡くなっていた娘の亡骸を拝借しましたの。貧民街で育った娘が、第二王子妃の棺に入るのは人間としては名誉なことでしょう?」

その場にいた人間には、棺に納められた娘がシャルロッテに見えるよう幻影をかけていたという。

「エスメラルダ。子を身籠もったか」

問いかけにも事実確認にもとれる。

エスメラルダは赤い紅をのせた唇を歪めることなく、簡潔に「いいえ」と答えた。

ジークヴァルトとて確証を持って問いかけたわけではない。なんとなく己の勘が告げただけだ。

「そうか。まあどちらでもよい。子ができていればこの城で育てればいいし、しばらくお前の自由に過ごせ」

「ありがとうございます。それで、お兄様の花嫁様にはいつお会いできるのかしら」

「折を見て会わせよう」

水盆の中にはアウディトレアの第二王子が領地に籠もっている様子が映っていた。爽やかに微笑んでいた顔からは喜びが消え、仄暗い闇が瞳から感じ取れる。

——人は闇に魅入られやすい。

エスメラルダは「愛などわからない」と妖精らしい発言をしていたが、この男は紛れもなく妻を愛していたのだろう。その愛を真正面から浴びていたのだ、エスメラルダも多少なりとも好意を返していたはずだ。妖精は好意あるものには好意をもって接するのだから。

妻を亡くし絶望している男を見ても、ジークヴァルトの心は痛まない。むしろ、偽りの姫だとしてもシャルロッテを娶り、彼女に愛を囁きながら抱いたであろうことを考えると、腸が煮えくり返る気持ちになる。

――あの男の目に、よがり、甘く啼くロッティの顔が映っていたと思うと殺したくなるな……。

中身がエスメラルダだったとしてもだ。自分が計画したことではあるが、こんなにも不快な気持ちになるとは、当初は思っていなかった。

しばらく休むと告げたエスメラルダの背を見送る。

これから待ち受ける二つの国の未来は、平穏ではないだろう。

❀　❀　❀

ジークヴァルトとともに城に戻ってから、まだ一度しか身体を重ねていない。

口づけは交わすし、湯浴みも一緒にするがそれだけだ。

抱きしめられたまま眠りに落ちても、朝になると隣にジークヴァルトの姿はない。そのことが少しずつシャーリーに不満と不安をもたらしていた。

「以前はひとりで眠るのが当たり前だったのに、今は姿が見えないだけでこんなに不安になるなんて……」

わかりづらいところはあるが、ジークヴァルトは情が深い。抱きしめられて眠ると彼の気持ちが伝わってくるようで安心する。

だが身体を重ねない日々が続くと、次第に不安な気持ちにもなってくる。

「寂しいわ」

広い寝台からジークヴァルトの温もりは消えている。シャーリーが目覚める時間が遅いのか、妖精王の眠りが浅いのか。それとも朝方になんらかの仕事があるのか。まだ知らないことが多い。

――こんなのまるで小さな子供みたい。

心の声を大きくして、望みを言葉にする。そんな簡単なことも今までは躊躇いがあったが、今後はもっと伝えていきたい。

――そう、待っているだけではダメだわ。気になることは直接本人に訊けばいいし、私から行動を起こせばいい。

本当に迷惑だったら注意されるはずだ。本来自分は、怒られることが怖くて大人しく縮こまっている性格ではなかったはずだ。

いつしか行動的な自分を封印するようになっていたが、もう止めよう。

「いないなら捜しに行けばいいのよ。部屋から一歩も出るななんてもう言われていないもの」

先日は迷子になって、思いがけずオルブライトの森に迷い込んでしまったが。

後でジークヴァルトに聞いてみると、やはり夏至祭の日は人間の世界との境界線が曖昧になる特別な時だったらしい。今日はあのようなことも起こらないだろう。

いつも着替えはイヴリンに用意されるが、ドレスの保管場所は知っている。ひとりでも着られるドレスを選び、身支度を調えた。

まだ日が昇りきっていない。どうやら普段より早く目が覚めたようだ。

イヴリンが起こしに来るのはもっと後だろう。書き置きをしようかと一瞬迷ったが、イヴリンがオルブライトの文字を読めるかわからないからやめておいた。

「……少し散歩するくらいだったら大丈夫よね」

中庭まで散歩して戻ってくる。もしジークヴァルトを見つけられなかったら諦めてひとりで部屋に帰ろう。

この城はオルブライトの王城とほとんど同じ造りをしている。部屋の内装に違いはあるが、外へ繋がる通路や中庭までの道のりは一緒だ。

だが朝早く城内を歩くのははじめてだ。静謐《せいひつ》で厳《おごそ》かで、でも城内を流れる空気は重苦しくない。風と一緒に緑や花の匂いが運ばれてくるのも好ましい。

――お父様やアーシュラはあの後どうなったのかしら……。

ずっとジークヴァルトが一緒にいてくれるから考えずに済んでいたが、ひとりになるとどうしても先日の出来事が蘇ってくる。血の繋がった家族から化け物扱いされ、血の通わない言葉を投げつけられた心の傷は、すぐに癒えることはない。時間をかけて徐々に消えていくのを待つしかないだろう。

家族を思い出すだけで心が急速に冷えていく。

この先シャーリーがオルブライトに戻ることは二度とない。

同じ世界にシャルロッテが二人いるのは確かに不都合だ。改めて、自分が生きられるのは妖精の世界なのだと実感させられる。

「……私の代わりに嫁いだ方は今頃どうしているのかしら」

アウディトレアの第二王子には正体を明かさないまま、ずっと偽りの姿で生きていくのだろうか。

誰かの身代わりになって自分を偽るなんて、どれほど過酷なことだろうか。自分の人生を犠牲にさせるだなんて、酷なことを強いている。

身代わりを志願したのかもしれないが、妖精王に逆らえずやむを得ず従っているのかもしれない。自分とそっくりな容姿の妖精を思い出すと、彼女への罪悪感がこみ上げた。

——時間はその人のものだわ。他の誰かが身勝手に消費させていいわけがない。

辛い目に遭っていないだろうか。できることなら早く自由になってほしい。

考え事をしながら歩いていたら、中庭の四阿にたどり着いていた。中庭の奥まった場所にあるそこは静かな時間を過ごせそうだ。

少し寄っていこうかと思ったが、中に人の影を見つけた。ジークヴァルトではない、黒髪の女性だ。その人物がシャーリーに気づき、立ち上がって礼をした。

「ごきげんよう、花嫁様」

「あ……、ごきげんよう。あの、お邪魔してごめんなさい」

「邪魔だなんてとんでもございませんわ。妖精王がご一緒でないなら、少し話し相手になってくださいますか」

とても美しい妖精だった。

緩やかに波打つ黒髪は艶やかで、スッとした切れ長の瞳は濃い緑。ドレスのスリットからしなやかな脚を出していても上品さは損なわれていない。

どことなく既視感を覚えつつ、シャーリーは笑顔で応じる。

「はい、でも誰にも言わずに部屋を抜け出してしまったので、あまり長居はできないのですが」

「そうなのですね、大丈夫ですよ。きっとすぐに妖精王が迎えにきてくださるわ」

向かいの席に誘導され、腰を下ろした。ふかふかのクッションがあるためお尻も背中も痛くない。

「私のことはエスメラルダとお呼びください。怪しい者ではありませんわ、どうぞ安心なさって」

しっとりとした声は心地よく鼓膜を震わせる。

妖艶な美貌を持ちつつも、とっつきにくい印象はない。外見は二十代前半に見えるが、妖精の実年齢はわからない。落ち着いた佇まいからして、シャーリーが予想しているよりもだいぶ上なのだろう。

「あの、どうして私が妖精王の花嫁だとおわかりになったのですか」

「花嫁様の目が王様と同じ色をしていますもの。その黄緑に金の虹彩は妖精王と花嫁様、もしくは、妖精王の魂の欠片を分け与えられた者にしか現れませんわ」

「魂の欠片？」

シャーリーは小首を傾げた。

「ええ、元々人間の王女には片方にしかその色が出ないはず。両目とも妖精王と同じ色を持つ花嫁様は、魂の欠片を分け与えられた証……って、あら、余計なことを言ってしまったかしら。お兄様に叱られてしまうわ。今のは内緒にしてくださいまし」

兄というのは、もしや妖精王のことだろうか。

ジークヴァルトの妹は、確かシャーリーの身代わりとしてアウディトレアに嫁いだ妖精だったはずだ。

――あ、この方……、もしかしてあの日私とそっくりな姿で現れた妖精……？

「エスメラルダさん」

「どうぞエスメラルダと。敬語もやめましょう」

「……では、エスメラルダは、ブルーベルの森の中でお会いした妖精よね？　私の代わりにアウディトレアに嫁いだ……」

「お気づきですのね。気づかれなかったらこのまま知らないふりをしておこうと思ったのだけど」

――ここにいるということは、アウディトレアでなにかあったの？

「大変な役割を押し付けてしまって、なんて謝ったらいいか……。アウディトレアでの生活は辛くはなかった？」

「いいえ、大変有意義でしたわ」

「それならよかったです。でも今ここにいらしているということは、あちらの世界でなにか問題が？」

エスメラルダは相変わらず柔らかな微笑を口元にのせたまま語る。

「シャルロッテ様は亡くなられました。あちらの世界で、もう私の存在は必要ありませんわ」

「……っ！」

エスメラルダが妖精界に戻るにはそうなるのが一番自然であるのは理解できるが、人間の世界で自分が死んだという事実に動揺する。

「そう……そうだったのね。……それで、どうやって亡くなったの？　いえ、どうやって亡くなったことになったの？」

「流行り病ということになっていますわ。シャルロッテ様は元々お身体が丈夫ではないとアウディトレアに伝えていて、その上での政略結婚でしたわね。それでも構わないからどうか嫁いでほしいと望まれていたことをご存じ？」

「……いえ、そんなに望まれていたなんて初耳だわ。元々私のもとにはあまり情報はおりてこなかったの」

　第二王子のフレデリックとは定期的に文通はしていた。だがそこに書かれていたのは、王子の気持ちが読み取りづらい定型文だった。それでも誠実そうな人柄が伝わってくる文字を見て、シャーリーも相手に寄り添っていける思っていた。

「確かに、王子は好意をお持ちのようでした。ですがシャルロッテ様は毒殺されそうになったの」

「毒殺……！　あの、あなたの身体は大丈夫なの？」

「自然の植物から抽出された毒など、妖精には効かないから問題ありませんわ。アウディトレアでずっとシャルロッテ様として生きるのは難しいですし、時機を見て死んだことにしようかと思っていましたから、ちょうどよかったですわ」

エスメラルダは確かに元気そうだ。人間の毒が妖精に効かないというのは本当だろう。

――それに、長く時間を共にすればするほど、周囲への情も生まれてしまうものね。

エスメラルダもいつかは離れなくてはいけない相手と傍に居続けるのは辛かっただろう。距離感を誤れば苦しくなる。ましてや、相手がシャルロッテに好意を抱いていたのなら、妖精も好意を返してしまうかもしれない。

「……私がこんなことを訊くのは無神経かもしれないけれど……寂しいとは、思わない？短くはない時間を向こうで過ごしたんですもの。親交があった人たちに会えなくなるのは辛くはない？」

エスメラルダは予想外なことを聞かれたという表情をした。

妖艶でいて、どこか可憐な少女のようにも見え、彼女自身が持つ純粋さが滲みでているかのよう。

「いいえ、私がシャルロッテ様でいる限り、そのような情は許されませんわ」

役目をまっとうし、お役御免になったので戻ってきた。ただそれだけのことで、それ以上でもそれ以下でもない。

あっさりとした回答だったが、シャーリーは素直にそうかと呑み込むことはできなかった。だがそれ以上問いかけるのも憚《はばか》られる。

「それで、毒を盛った相手に心当たりは？」

「あの国の情勢も不安定なのですわ。第二王子を国王に推す一派と、王太子派に分かれていて、王太子派の過激な支持者に盛られたことになっていますが、真相はどうかしら」

「そんな大変な国だったのね、知らなかったわ……私は知らないことが多すぎるわね。危険な目に遭わせてごめんなさい」

「花嫁様が謝られることではありませんわ。とても貴重で楽しい経験ができましたし。ふふ、私、じつはずっと人間に紛れて過ごしてみたかったの。つまみ食いではなく、人間の感情を間近で喰らえるなんて貴重なことだもの」

エスメラルダの言葉に嘘はなさそうだ。彼女が望んだことだと言われ、シャーリーはようやく少しほっとした。

その後もアウディトレアでの暮らしで驚いたことや大変だったことを楽しく聞いていたら、忙しない足音が近づいてきた。早足……、いや小走りをしている音だ。

「ここか、ロッティ……ッ」

四阿の入口から顔を出したのはジークヴァルトだった。額にじんわりと汗をかき、前髪が張り付いている。

「ごきげんよう、お兄様。思ったより遅かったですわね」

「……エスメラルダ、何故ここにいる」

「朝の散歩ですわ。花嫁様も同じく散歩をされていらしたとか。ああ、お兄様をお捜しになっていたんでしたっけ？」

「え……！」

急に話を振られて、シャーリーの肩がぴくんと反応した。確かに散歩中にジークヴァルトに会えたらいいなと思っていた。

「その……だって……朝起きたらジークがいないんですもの」

「俺を捜していたのか」

「ええ……」

「つまり、寂しくなって俺を捜していたのか」

確かにそうなのだが、改めて訊かれると素直に頷きがたい。

——だって、寂しくなって捜すなんて幼い子供みたいだわ。

しかしジークヴァルトはシャーリーの心情などお構いなしに目で訴えてくる。寂しかったと言えと無言の圧力をかけられている気がする。

「さ、寂しかったわ。ひとりで目覚めるなんてもう嫌よ」

「そうか、それは悪かった」

ジークヴァルトが満足気に笑う。

すると、それを見たエスメラルダが驚きの視線を彼に向けた。

「お兄様が謝るなんて！　傲慢な妖精王にも人間らしい心が芽生えたようね……いい変化

だわ。お邪魔虫は退散しますね。どうぞごゆっくり」

「エスメラルダ」

　また会いたいと声をかける前に、彼女と目が合う。またいつでも会えると、こちらを安心させるような微笑を浮かべ、彼女は四阿を後にした。

　シャーリーの隣にジークヴァルトが腰を下ろす。うっすらと額に浮かんでいた汗はもう引いていた。

「イヴリンが血相を変えて連絡してきた。寝ているはずのロッティが消えたと」

「ごめんなさい、少し散歩をして戻ろうと思ったの。もちろんジークに会えたらいいなとは思っていたのだけど、誰にも言わずに部屋を出るのはよくないとわかっていたわ」

「エスメラルダに引き留められたんだろう。俺が迎えに来るだろうからこのまま待っていればいいと」

　さすが兄妹、お見通しらしい。

　ジークヴァルトはおもむろに立ち上がり、シャーリーを抱き上げ、自身の膝の上に下ろした。横抱きにされた格好はお尻が少し不安定だが、彼の匂いに包まれると心が安らいだ。

　いつの間にそう思うようになったのだろう。

　太陽と植物と、少しピリッとするスパイスのような複雑な香りがする。一筋縄ではいかないジークヴァルトの性格が表れている。

「俺がいないのが寂しくて会いたくなったと聞くのは、存外気分がいいな」

なんとなく憎たらしくなってくる。自分ばかりが寂しいと思っているようで少し悔しい。

「ジークは私と離れていても寂しくないの？」

「今までそんな感情を抱いたことはなかった。だがそうだな、ロッティと城に戻ってからは、すぐにお前の顔が見たくなる。これは寂しさか？　それとも、恋しいと呼ぶのか。どっちだ？」

「……っ！　ジークはずるいと思うわ。私だけ翻弄されているみたい。あなたの言葉に一喜一憂して、心がとても忙しくなる」

先ほどは拗ねた気分になったのに、もう違う感情に支配されている。

本人に向かって恋しくなったと真正面から言うのはずるい。なんでも許したくなるではないか。

「お前も同じだろう？　俺がいなくて寂しくて恋しくなった。違うか」

「そ……、その通りだわ」

ジークヴァルトが目尻を下げて満足そうに微笑む。後頭部に触れられ、髪の毛を指で梳かれた。ふわふわした気持ちが胸の中に広がっていく。

——この感じ、前にも……。

この感覚を身体が覚えている気がした。ここ最近味わったものではなく、もっと昔から知っている気がする。

「お前は本当に可愛いな。随分心を見せるようになった。昔のように」

ジークヴァルトが昔の思い出を語ってくる。感覚や記憶の断片を思い出すことはあっても、シャーリーは幼い頃の記憶をすべては思い出せていない。かつてジークヴァルトと出会っていたことはわかっているが、思い出の共有ができないのはもどかしい。

きっととても懐いていたのだろう。なにせお気に入りの絵本の主人公を妖精王の名前にするくらいだ。

——全部思い出せたらいいのに。大切な記憶を私だけ覚えていないなんて、ジークも寂しいはずだわ。

シャーリーはゆっくりと上体を離し、ジークヴァルトの目を見つめた。

「妖精王の力で、私が忘れている記憶を取り戻すことはできるの？」

「過去の記憶を蘇らせるということか？」

「それって難しい？」

人の記憶は潜在的にすべて覚えていても、きっと意識して思い出せる量には個人差がある。けれど思い出の引き出しにはしまわれているはずだ。それをこじ開けることができれば思い出せるのではないか。

——そんなことは人間には不可能だけれど妖精王なら……。

ジークヴァルトはなにやら考えこんでいたが、出した答えは「自力で思い出せ」だった。

「子供の頃の忘れた記憶なら、きっかけさえあれば思い出すんじゃないか」

「そうかもしれないけど、半年以上ここにいても思い出せないのよ。ジークだけ覚えているのに私は思い出せないなんて……不公平だと思うの」

「そうか……。お前の記憶はお前にしか思い出せないが、俺の記憶を見せてやることはできるぞ」

「あなたの記憶を？」

「ああ、ロッティの記憶ではないから俺の目線になるが、その映像を見れば思い出は共有できるだろう。あとは自力でなんとかするんだな」

優しさもあるのにどこか適当なのがジークヴァルトらしい。しかしせっかくの機会だ。

シャーリーは喜んで承諾した。

ジークヴァルトの頭が近づいてくる。額がコツンと当たると、彼の熱が直に伝わってきた。

「目を閉じてなにも考えず、ゆっくり呼吸しろ」

「わかったわ」

言われた通りにする。なにも考えないというのは難しいが、意識的な呼吸を繰り返すと次第に頭がすっきりしてきた。

頭の中に映像が流し込まれる。寝ているときに俯瞰《ふかん》して夢を覗いている感覚に近い。

はじめに見えたのは小さな赤子だった。まだ髪の毛も生えそろっていない赤子が静かに眠っている。その様子をジークヴァルトが見に来ているようだった。傍に人の気配はない。人払いしたわずかな時間に会いに来たのだろう。

――あれが赤ちゃんの頃の私？　わざわざ妖精王が会いに来ていたの？

王家に子供が生まれると妖精王が来るなど聞いたことがない。きっとオルブライトの王家も知らないのだ。だが、王家の者が知らないだけで、妖精はずっと王家との繋がりを守っていたのだろう。

ふいに、ゆりかごの中で眠っていた赤子が目を覚ました。

妖精色と呼ばれる黄緑に金が混じった目と青のオッドアイ。その色はシャーリーが幼少期に持っていた色だ。

目を覚ました赤子は見知らぬ男を見ても泣きださなかった。ただじっとジークヴァルトを見つめている。その小さな手が持ち上げられて、こちらに伸ばされた。口元はへにゃりと笑っている。

映像が少し遠ざかった。ジークヴァルトが一歩離れたのだろう。それでも赤子はなにやらむにゃむにゃと喋りだし、ジークヴァルトへ手を伸ばす。その目に怯えはなく、無垢な瞳はキラキラと輝いていた。

──本能的にジークの美しさを嗅ぎ取っていたのかしら……。見知らぬ人がいても警戒心もなく触れようとするなんて。他の赤ちゃんも同じなの？

シャーリーがジークヴァルトの顔を好ましいと思うのは、このとき刷り込まれたものだったのかもしれない。実の両親もそれなりに整った顔立ちをしていたが、凶器とも言える妖精王の美しさとは比べものにならない。

そこから、一年、二年と時が経過する。会いに行くたびに赤子は成長し、髪が伸びて女の子らしくなった。

妖精王が会いに行くのは決まって夜なので、赤子のとき以来起きているシャーリーと目が合ったことはない。しかし少しずつお喋りができ、意思疎通が可能になってきた頃。夜中に会いに行くと、シャーリーは目を覚ましていた。部屋に飾られている花に集まっていた小さな妖精を、両手で捕まえようとしている。小さな妖精には翅が生えており、見た目はとても愛らしい。

子供のときは妖精が視えるのが当たり前だったらしい。ぼんやりとだがその頃の記憶が思い出せそうだ。

『やめろ、それは玩具じゃないぞ』とジークヴァルトが注意した。その隙に妖精はシャーリーの傍から素早く逃げた。

それを見守って踵を返そうとしたところを、幼いシャーリーが服の裾を摑んで放さない。

その目は好奇心に溢れ、キラキラと輝いている。

『だぁれ？　わたし、ロッティよ！』

『名前はないな。それは俺の花嫁がつけるからだ』

『はなよめさん？　じゃあロッティがなってあげる』

『お前の味がうまかったら考えてやってもいい』

子供相手でも容赦がない。見上げてくるシャーリーの目を正面から受け止めると、ジークヴァルトは一言『甘い。蜂蜜のようだな』と呟いた。

『純粋な子供だからか？　混じり気がない、素材のみの味だ。悪くはないが、深みが足りん』

幼いシャーリーはきょとんとした顔で見上げている。なにを言っているのか理解できていないのだろう。だが、いつの間にかジークヴァルトの脚にしがみついていた。よほど彼を気に入ったらしい。

――私から花嫁になると言ったのは本当だったのね……こんなに積極的だったなんて……恥ずかしいわ。

シャーリーの頬が熱くなり、胸の奥がむずむずしてくる。

幼いシャーリーは、彼がしゃがんだ隙に膝の上にのってきた。それからまた、花嫁になると断言し、ジークヴァルトの目が綺麗だと褒める。しかも勝手に喋り疲れて気づけば眠りに落ちていた。ジークヴァルトはさぞかし戸惑ったことだろう。

シャーリーがよく眠れるように、ジークヴァルトは小さな額を手で覆う。『よく眠れ』と言った呟きは、誰もいない室内に柔らかく響いた。

ジークヴァルトが会いに行っていた理由はわからない。だが幼かった自分を見つめていたときの彼の感情がほんのりと伝わってくる。彼自身も何故こんなにも気になっているのか、好奇心と味以上の理由が見つかっていないようだ。

ジークヴァルトが会いに行くと、シャーリーは必ず笑顔で抱き着いてくる。大好きな絵本を持ってきて、主人公の騎士の名をジークヴァルトに与えた。また、シャーリーは自分から『ロッティってよばないと、ダメなのよ！』と言ってくる。小さな口が尖る様を見て、彼の手が自然とシャーリーの頭をくしゃくしゃに撫でていた。まるで子犬を宥めているように見える。

次第に、おてんば娘は自室の姿見をすり抜けて妖精の世界にやってくるようになった。

自室で寛いでいたジークヴァルトのもとに小さな台風がやってきた感覚が伝わってくる。その訪問者はジークヴァルトを見つけると満面の笑みで駆け寄り、抱き上げられることを信じて疑わない。自ら両手をあげ、抱っこを強請る。

ジークヴァルトは『仕方ないな』とため息を吐きながら抱き上げ、膝にのせた。彼の声に呆れと慈愛が混ざった複雑な感情が生まれる。『早く大人になってうまい感情を喰わせろよ』と大人げなく呟いていた。

　そしてある晩、ジークヴァルトがシャーリーのもとを訪れると、彼女は寝台でひとり眠っていた。額には汗が浮かび、高熱でうなされている。

『ロッティ、このまま死にたいか、それとも生きたいか。選べ』

　生死をさまよう重篤《じゅうとく》な状態だと判断したらしい。

　熱《ねつ》っぽくぼんやりした眼差しをこちらへ向けると、シャーリーは弱々しい声で『生きたい』と願った。

　すると、ジークヴァルトは目を閉じた少女に口づけた。

　その後、意識を失ったシャーリーを抱きかかえ、部屋の姿見を通って自身の城に連れ去る。三日間、妖精界でシャーリーの看病をしていたのだ。その間は、ジークヴァルトが語っていたように、一緒に湯浴みもしていた。泳ぎ始めようとしたシャーリーを危険だと宥めてやめさせていたジークヴァルトはまるで父親のように見える。

　体調が回復すると、シャーリーは両親を恋しがって泣き始めた。

『おとうさまとおかあさまにあいたい……』

　寂しがる少女の頭を撫で、ジークヴァルトは望みを叶えた。

『またお前が成長したら迎えに来るからな。待っていろよ』と言い、シャーリーを彼女の部屋へ帰したのだ。

……それからのことはシャーリーも覚えている。

高熱の後遺症だったのか、妖精の世界に身体が馴染まなかったのか。妖精王と妖精の世界にいた記憶は消えていた。そして、優しかったはずの両親が態度を変えた。

離宮に幽閉され、姿見も撤去されたため、ジークヴァルトは会いに来られなくなったのだろう。

――私がジークの花嫁になりたいと、自分から抱き着いて我がままを言って……。散々振り回していたのは私のほうだったなんて……。

子供とは、なんて無邪気で残酷な生き物だろう。あんなふうに散々甘え、振り回していたのに、再会後につれない態度をとってしまっていた。

成長して少しは彼好みの味が提供できていれば違ったかもしれないが、それも期待外れだった。ジークヴァルトが不機嫌になったのも納得がいく。

「わかったか、ロッティ」

触れ合っていた額が離れていく。

シャーリーの顔の熱はすっかり上がっていた。目を合わせるのがとても気まずい。

「あの……、その節は大変お世話に……」

「やめろ、そんなことを言われるために見せたわけじゃない」

そうは言うが、お礼を言わずにはいられなかった。

顔の熱を冷まそうと、両手で頬を押さえて俯く。子供の頃の様子からして、自分は確実にジークヴァルトを好いていたし、会えるのを楽しみにしていた。

——そういえば私、絵本のジークヴァルトと結婚したいと思っていたわ。いいえ、結婚するのだと思い込んでいた気がする。

唯一の娯楽として絵本や書物はたくさんあった。部屋を移動した後も定期的に新しい本が与えられていた。たくさんの本を読んでも、やはり一番のお気に入りはジークヴァルトという名の騎士で、そんな騎士に愛されるお姫様になりたいと思っていたものだった。

——あの絵本に愛着があったのはそういうことだったのね。

ひとつ思い出すと、他の記憶も連鎖的に蘇ってくる。

絵本のジークヴァルトの花嫁になるのだと思っていた理由は、最後に会ったとき、妖精王に迎えに来ると言われたのを信じていたからか。アウディトレアの第二王子の名前がフレデリックだったことを、心のどこかで残念に思ってさえいた気がする。

「ロッティ、いい加減に顔を見せろ」

シャーリーはしぶしぶ顔を覆っていた両手を下げた。

顔の熱はなかなか引いてくれず、未だに火照ったままだ。

目の前にいる男性は、十年以上経っても若くて美しい。記憶の中で、鏡に映っていたジークヴァルトとまるで変わっていない。

「何故そんなに顔が赤い。熱でも出たのか。それとも照れているのか？」

「そう言われると恥ずかしいけど、ええ、照れてるわ……」

はっきりさせたいことがある。高熱でうなされていたときに助けてくれたのはジークヴァルトだったが、エスメラルダが言っていた魂の欠片を分け与えられたというのはそのときだったのだろうか。それが一体どういうものなのか、まだシャーリーは説明を受けていない。

——生まれつき妖精色は片目だけ持っていて、魂の欠片を分け与えられたから両目ともこの色になったのは本当？

「ジーク、私が高熱でうなされていたとき、助けてくれてありがとう。あのときあなたが助けてくれなかったら、そのまま死んでいたかもしれなかったのでしょう？」

「そうだな。俺の魂の欠片を分けたから生き延びた」

今シャーリーが元気で生きていられるのはジークヴァルトが助けてくれたおかげだ。

「魂の欠片ってどういうものなの？」

「通常は花嫁と共に生きるために分け与えるものだ。その時両目とも妖精王の色に変わる。人間としてではなく、妖精に限りなく近い生物になれば寿命も延びる。お前はこれからこの世界にいる限り、病に冒《おか》されることもなければ簡単に死ぬこともない。今は人間と同じ食事をしているが、それも次第に必要なくなるかもしれない」

「ジークと同じように長生きできるってこと？」

「同じにはならん。俺が死んだらお前の寿命も尽きる。だがそれまでは、限りなく俺と同じ時間を過ごすことができる。人間の寿命ははるかに超えるだろう」

　頬にかかる髪をひと房手に取られる。それをシャーリーの耳にかけながら、ジークヴァルトは「お前はとっくに人間ではない」と断言した。

「だが妖精でもない。妖精たちがお前のことを花嫁様と呼ぶだろう。今のロッティは妖精王の花嫁だ」

　人として生きることはできない。そう改めて言われても、不思議と悲しさは湧いてこなかった。むしろ、ジークヴァルトとほとんど同じ時間を生きられると知り、心が躍った。

　――刷り込み？　初恋？　……そうかもしれない。でも、私は再会した後もジークを好きになったんだわ。

　これから徐々に時間をかけて幼い頃の思い出が蘇るかもしれない。

　そのたびに増えるのはきっと愛おしさだ。彼と過ごした時間を思い出すたびに好きの気持ちがまた増える。

「子供の頃から、私の初恋はジークただひとりなんだわ」

　ジークヴァルトの目がゆっくりと見開かれる。その目を見つめていると、自然と幼い頃に抱いた感情が蘇った。心の奥にずっとある本当の感情。

「大好きよ、ジーク」

「……っ！　ロッティ」

名前を呼ぶ声には艶っぽさが混じっていた。熱量のこもった呼びかけと同時に唇がふさがれる。

直に触れ合う温もりが心地いい。口づけは毎日のように交わしているが、気持ちをぶつけるような激しいものは、ここ最近していなかった。

舌先がシャーリーの唇をなぞる。口を開けという合図だ。促されるまま薄く隙間を作ると、すかさずジークヴァルトの舌が侵入してくる。歯列を割られ上顎をざらりと舐められ、シャーリーの舌を引きずり出すように執拗に搦めとると、強く吸われた。

「ンン……ッ」

ぞくぞくとした震えが背筋を駆け上がり、身体の中心がジン……と熱く火照ってきた。否応なしに官能が高められる。まだ朝になったばかりなのに、中庭の四阿でこんな淫らな口づけをしているだなんて……。ジークヴァルトに意識が集中する中、羞恥心も高められていく。

「はぁ……、ジー、ク……んぅ」

話すことも許されない。吐息も口内の熱もすべてを奪いつくすような口づけに翻弄される。思考は徐々に霞がかかり、飲みきれない唾液が唇の端から垂れる。自分のものなのか、ジークヴァルトのものなのかも判断ができない。

すぐさまジークヴァルトに唾液を舐めとられた。ドレスに零れることはなかったが、それでも口づけはやまない。

——そろそろ、息が……！

鼻で呼吸をすることを学んだが、ジークヴァルトに翻弄されると呼吸を忘れてしまう。必死に息を吸い込むが、酸素は足りていないようだ。

淫靡な水音が鼓膜を犯す。抱きしめられたままなんとか腕を動かし、ジークヴァルトの背中を叩いた。もうそろそろ放してほしい。

「まだだ」

目を開いた瞬間、ジークヴァルトの目が捕食者のようにきらりと光った。潤んだ眼差しには劣情の焔が隠しきれていない。

「——っ」

思わず息を呑んでしまう。美しい獣に食べられそうな心地にさせられるのに、強く求められることがうれしい。与えられる快楽に流されてみたくなる。

——でも、まだ朝だし、ここは外だし。それにイヴリンが朝食の準備もしてくれているはずだし、そもそも私を捜しているのでは……！

「ジーク、一度部屋に……アンッ」

不埒な手がシャーリーの胸を布地の上からいじる。慎ましやかな胸の頂を探し当て、キュッとつまんだ。その刺激がびりりと伝わり、甘やかな声が漏れる。

少し身じろぎをすると、濡れた下着がくちゅりと湿った音を奏でた。口づけだけでシャーリーの官能が高められ、身体がさらなる快楽を享受しようとする。

「ジ、ジーク、待って……、部屋に帰りたい……」

「俺は今すぐお前が欲しい」

シャーリーの身体をいじる手が止まらない。胸の膨らみを揉みしだきながら指先がコリコリと胸の頂を刺激する。

愛液がじゅわりと染み出る感覚がし、シャーリーの呼吸も上がってくる。

「だって、イヴリンが待ってるかも……」

「問題ない、俺が捜しに行くと伝えたからな。この城にお前を害する者はいないし身の心配をしていることもないだろう」

首筋に顔を埋められ、肌に息がかかる。

ジークヴァルトの声が直接肌に浸透しそうだ。艶めいた低い美声と濡れた唇が、むき出しの肌に触れてくる。そのまま首筋に歯が立てられた。

「アア……」

「この身に流れる血もさぞかし甘いのだろうな」

「ん……こわいこと言わないで……」

不穏な台詞を紡がれる。妖精が人間の生き血を啜るなど聞いたことがない。それではまるで悪魔だ。

「もちろん俺は血を啜るような野蛮なことはしないが」

そう言いつつも、ジークヴァルトは何度もキスを落としてくる。歯を立てた場所をきつく吸われ、ピリリとした痛みが走った。

「ん……っ！」

吸われた箇所を舐められる。肌が粟立ち、下腹部がさらなる熱が欲しいと訴えてくる。口づけで官能を高められ、胸をいじられたあげく首筋に直接的な刺激を受ければ、素直な身体はもっともっとと先を求めてやまない。

すでに下着が濡れていることを知られるのは恥ずかしいが、ジークヴァルトの長く繊細な指で、愛液を垂らすはしたない場所に触れてほしい。

口から零れる吐息が熱っぽい。するのなら部屋に戻りたいが、このまま中途半端に高められた熱を放置されるほうが辛い。

「ジーク……」

潤んだ瞳で懇願する。もっと触れてほしいと声には出せないが、目だけで訴えた。

しかしジークヴァルトはその眼差しを受けてもふわりと笑い返すだけ。

散々シャーリーの官能を高めるだけ高めたのに、シャーリーを膝から下ろし、立たせてしまう。

「帰るか」

「え……」

少し前まで、ジークヴァルト自身が止められないと言っていたのに、変わり身の早さに唖然とする。

——私の感情を喰らっていれば、私がどんな気持ちになっているかわかっているはずなのに……。でも言えないわ……。戻らなきゃと言ったのは私だもの。

何事もなかったかのようにシャーリーの手を握り、四阿から出る彼についていくしかない。ここしばらく抱かれていなかったため、本音を言えば寂しい。だが、それを直接言う勇気はまだない。

対してジークヴァルトは涼やかな顔をしている。先ほどまで情欲にまみれた捕食者の目をしていたのに、どういう変わり身の早さだろう。

消化できないもやもやとした気持ちもあるが、手の温もりが直に感じられてうれしい。彼の大きな手ですっぽりと包まれるのも、シャーリーの心を優しくくすぐった。

「ああ、そうだ。ひとつ伝えていなかったんだが」

「え？　なに？」

「妖精王と花嫁の婚姻の儀はまだ終わっていない」

予想外のことを伝えられ、シャーリーは首を傾げた。

この城に連れてこられた日に、着の身着のままの状態で聖堂へ向かい、大勢の妖精たちの前でゴブレットに入った果実酒を口移しで飲まされた。あれで婚姻の儀は以上だとジークヴァルトは言っていたが……。

「妖精へのお披露目は終わった。契りも終えているが、まだひとつ残っていることがある」

「どんなこと？」

「耳飾りだ」

妖精王と花嫁の共通の色である目の色の石を加工し、互いの耳につける。その儀式が残っていると言われ、シャーリーは不思議に思いながらも頷いた。

――夫婦の証かしら。オルブライトでも互いの目の色に合わせた鉱物を、指輪や腕輪などに加工したものを交換していたわ。妖精にもそんな習慣があるのね。もしかして、妖精の習慣が人間に伝わったのかしら。

オルブライトでは耳飾り限定ではなかったが、元々は耳飾りだったのかもしれない。

「素敵ね、楽しみだわ。どんな耳飾りをくれるのかしら」

妖精色の鉱物など貴重なものに違いない。二人だけが持つキラキラした耳飾りを身に着けられるなんて心が浮き立つ。

「耳に穴をあけることになるが、抵抗はないのか」

「それって痛いの？」

ねじでとめるようなものではなく、耳たぶにあけた穴に通すものらしい。確かにそのほうがずっと身に着けていられるが、そこまで想定していなかった。

「多少は痛みを我慢してもらうことになるだろうな。だがまあ、二人の愛を証明するには、このくらいの障害は大したことはないな？」

笑顔で脅されている。少しくらいの痛みなど我慢できるが、念押しをされると頷きがたい気持ちになる。

「え、ええ、がんばるわ」

そう言いつつも、シャーリーは穴をあけてもらうのはイヴリンにお願いできないだろうかと考えていた。


遅めの朝食を摂り終えると、絹の布に置かれた二つの耳飾りを見せられた。小ぶりのほうがシャーリー用、一回り大きいものがジークヴァルト用だ。

この婚姻の耳飾りは、一度つけたら二度と外すことがないらしい。普段の生活で邪魔にならないよう、石は小さめだ。耳元を少し明るく彩ってくれる程度の大きさである。

シャーリーが想像した通り、妖精色をした宝石は貴重なものであり、人間の国には出回っていない特別な鉱物を加工しているらしい。

黄緑に金が混じった複雑な色合いは光に反射してさらに美しく見える。

両耳を氷で冷やした後、ジークヴァルトの手によって耳飾りがつけられた。イヴリンにあけてもらおうと思ったがすぐに却下された。互いの手でつけることが儀式の一環らしい。

「――ンッ」

思っていたより痛みはなく、少しジンとした痺れがあるだけだった。拍子抜けするほど簡単に終わりほっと胸を撫でおろすが、続いてジークヴァルトに耳飾りをつける役目が回ってきた。

「……本当に私でいいの？　誰か代わりの人にしてもらったほうが痛くないんじゃ……」

「お前は自分以外が花嫁だと思われてもいいのか」

「それは嫌よ」

緊張でぷるぷる手が震えてしまい、目印にしていた場所とは違ったところに穴をあけてしまったら……などと考えてしまうと、なかなか勇気がでない。

だが耳を冷やしすぎて痛くなってきたと苦情を受けたところで、ようやく心が定まった。

「ん……」

「大丈夫？　痛くなかった？」

シャーリーのものより一回り大きい石が綺麗に嵌まった。耳たぶの裏に留め具を施すと簡単には落ちなくなる。

「問題ない、上出来だ」

頭を撫でられた。子供扱いをされているようにも思えるが、この手に撫でられるのは嫌いではない。自然と頬が紅潮する。

そんな様子をイヴリンが微笑ましく見つめてくる。てきぱきと手は動かしながら、「お茶の準備をしてきますわ」と言い、二人きりにされた。

思い出すのは先ほどの四阿のこと。シャーリーは少しの不満をぶつけた。

「ジーク、何故最後まで私を求めてくれないの？」

「どういうことだ」

「ここしばらく、さっきも口づけや抱擁しかしていないわ。私と肌を重ねようとしないのは何故？　私では物足りないの？」

思わずぽふん、と自身の両胸に触れてみる。それなりの大きさはあると思っていたが、ジークヴァルトには足りなくなったのだろうか。

――私の身体に飽きたのかしら。もう少し大きいほうが好みなの？

婚姻の儀を最後まで終わらせておきながら飽きたのだとしたら、ひどいにもほどがある。

そういうことはもっと言葉に出して伝えてくれなくてはわからない。

——それとも、私がジークを気持ちよくさせてあげられないから、億劫に思っているの？

劣情を抱いていることはわかる。だがシャーリーの身体に触れる以上のことをしないのは、シャーリー自身に問題があるからでは……。

ジークヴァルトはしばらくの間、シャーリーの百面相をじっと見つめていたが、堪えきれないと言うように小さく噴き出した。

「ロッティ、お前は愛らしいな」

「……っ！」

「お前に問題があるなんて思っていない。花嫁以外の人間を喰らおうとオルブライトに行ったとき、ついでに人間について調べておこうと思った。オルブライトの王家の者とロッティしか俺は人間を知らなかったからな。なにを好んでなにを嫌うのか——。酒場で聞いた話によると、人間の女は恋人がすぐに盛ってくると身体目当てだと思えて不安になるらしい。お前もそうなのかもしれないと、お前が求めてくるまで待つと決めた」

だから自重したのだと言われ、シャーリーは思わずジークヴァルトを見つめ返した。

——私を想って、遠慮してたの？

人間について知ろうとしてくれていたのもはじめて知った。シャーリーのことを想い、人間の女性がなにを考えているのか独自に聞きだしていたのだとしたら、自分本位な妖精王だった頃と比べると随分変わった。

エスメラルダも言っていたように、ジークヴァルトはシャーリーと関わることで相手を思いやる人間らしい心が芽生えている。

押し付けることしか知らなかった妖精王が相手を慮《おもんぱか》ることを知ったのだ。

「偏った意見だと言えるほど私も男女のことはよく知らないけれど、人間について知ろうとしてくれた姿勢がうれしいわ。ありがとう、ジーク。でも、私のことは私に直接聞いてくれなきゃ嫌よ」

「そうだな、どうやら参考にならなかったらしい。それで、お前は俺になにを求める？」

ジークヴァルトの目尻が甘く垂れる。口元は弧を描き、シャーリーの返答をじっと待っている。

どうして最後までしてくれないのかと言った時点で、望みなどわかりきっているだろうに、言葉に表せと求めてくる。

——私だってジークの言葉を欲しがっているのだから、自分は言いたくないなんて言わないけど……。

彼にしてもらうばかりでは対等ではない。花嫁の希望を叶えるのが妖精王なら、彼の希望を叶えるのも自分だけのはずだ。

「いつまでも待つだけなのは駄目よね。決めたわ、あなたに触れたくなったら私から遠慮なく触れるから、ジークはなにもしなくていいわ。全部私に任せてほしい」

――触れてほしい気持ちももちろんあるけど、ジークにだって気持ちよくなってほしいもの。


どのようにしたらいいのか知識はない。だが実践しながら探ればいい。

「えい」と小さな掛け声とともに、シャーリーはジークヴァルトの肩を押した。長椅子に座っていた彼は重心を崩し、後ろに倒れこむ。

「こら、なにをするつもりだ」

「なにって、夫婦の営みよ。受け身でいるのはやめようと思ったの。あなたに触れてほしいってお願いするより、私があなたに触れて気持ちよくさせたいわ。だから、少し大人しくしててね」

ジークヴァルトの眉がひそめられた。剣呑な眼差しには不快感ではなく、焦りと緊張が滲んでいる。

その隙にシャーリーはジークヴァルトの上にまたがり、彼の衣服をはぎ取ることにした。今まで男性の服を脱がしたことなどないが、やればできるはず。

妖精王として姿を現すときは厳かな正装をしているが、普段の彼は堅苦しい服が好きではないようで首回りがゆったりとした服装を好んでいる。

服の裾から手を差し込み、ジークヴァルトの腹のあたりまでめくり上げた。適度に鍛えられた筋肉質な身体を皮膚の表面から手のひらで感じ取っていると、すかさず手首を掴まれる。

「どうして止めるの？」

「俺は今混乱している。……いや、元々お前は突拍子もないことをする子供だったか。周囲を振り回すことを楽しんでいた。ならばこれが本来のお前か？」

「考えを改めただけよ。おかしくなったわけではないわ。自分の欲望にもっと忠実になろうと思ったの。それってはしたないことかしら」

掴まれていない反対の手でジークヴァルトの腹筋から胸筋を撫でる。くすぐったいのか、彼が腹筋に力を込めた。

身体をよじろうとしてやめたのだろう。シャーリーのもう片方の手も掴み、両者の攻防が続く。

「私に触れられるのは嫌？」

「やめろ、そんな目で見るな。嫌なはずがあるか」

拒絶されたらやめようと思ったが、嫌ではないらしい。

「よかった。それなら大丈夫ね。手を放して、お願い」

「……お前はいつの間にそんなずるい女に成長したんだ」

お願いという言葉に弱いらしい。ジークヴァルトはしぶしぶシャーリーの手を放した。

自由になった手でドレスを脱ぐ。ひとりでも着脱が可能なドレスを選んでいてよかったとこんなところで思うことになるなんて、今朝の段階では考えもしなかった。

大胆なことをして恥ずかしくないはずがない。だがそれ以上に高揚している。

――下着姿で男性の上にまたがるなんて、はしたないわ……。でも、もっとジークをドキドキさせたい。

彼の視線がまっすぐ自分に注がれている。この胸の高鳴りはしっかり伝わっていることだろう。淡く目が光ると、ジークヴァルトの眼差しがとろりとした甘いものに変化した。

「おいしい？」

「ああ、うまい。媚薬を飲まされた気分だ」

ジークヴァルトの欲情が伝わってくる。抵抗しないまま、シャーリーの一挙一動を見守っている。

「手が止まっているぞ。次はどうするんだ？」

――私ができることはそう多くないけど、いつもジークが触れてくるのと同じように触れたらいいのよね。

胸につけていたビスチェも外し、素肌を晒す。空気に触れた胸がふるりと揺れた。

いつもは見上げる立場だが今はジークヴァルトを見下ろしている。胸元に視線が集まるのを感じながら、シャーリーはゆっくりと身体を倒して抱き着いた。

額、こめかみ、瞼、頬に触れるだけの口づけを落としていく。唇は先ほど堪能したので、今は避けることにした。

そのまま唇を滑らすように動かし、首筋や喉仏を舌先でぺろりと舐めると、ジークヴァルトの喉仏が上下する。

「……っ、はぁ……」

吐息が熱っぽい。ジークヴァルトが醸し出す空気に淫靡さが混じった。目元がほんのりと赤く染まり、口から洩れる呼吸音にまで色香が滲んでいる。そんな些細な変化を感じ取り、シャーリーの欲望が満たされていく。

——うれしい、もっと感じてほしい。

首筋に唇を当てたまま歯を立てた。うっすら歯型がつく程度の強さで嚙みつくと、いつの間にか腰に回っていた腕がかすかに反応した。そのまま舌先で嚙み痕を舐めて、きつく吸い付く。

「ンッ……！」

赤い鬱血痕をつけたのははじめてだ。ジークヴァルトの滑らかな肌に赤い花が咲いた。それを指先でなぞっていると奇妙な満足感がわき起こる。これはきっと独占欲だ。

両手で彼の上衣をまくり上げ、胸元を晒す。淡く色づく胸の突起は慎ましく存在を主張していた。首筋から鎖骨のあたりを唇で愛撫しつつ、両手で筋肉質な胸元に触れる。

手のひらに当たる小さな突起がコリコリとして楽しませてくれる。ここを舐めて吸い付いたら、どんな反応をしてくれるのだろう。

「はぁ……ロッティ……」

艶っぽく名前を呼ばれるだけで身体の芯が熱く火照る。お腹の奥が物足りなさを訴えてむず痒いが、理性がまだだと告げている。

——まだダメ、もっとジークを悦ばせないと……。

拙《つたな》い愛撫でどこまで彼が感じてくれるのか知りたい。

身体をずらし、赤く色づく胸の飾りをぱくりと口にした。強く吸い付き、舌先で飴を舐めるように転がしてみる。

——男性もここをいじられたら気持ちよくなれるのかしら？

ちらりとジークヴァルトの表情を窺う。彼の眉はギュッとひそめられ、薄く開いた唇が扇情的だった。まだ理性を残し、快楽に抗っている表情だ。やせ我慢をしている姿をはじめて見られたことに満足する。

「……焦らされるのも悪くないと思っていたが……」

独白のように呟かれた直後、シャーリーは両脇の下に手を入れられ、身体を持ち上げられた。

「きゃっ！」

「そろそろ交代だ」

「え、なんで？　気持ちよくなかった？」

まだ肝心な場所に触れていない。

「どこまでできるのか待ってやりたくもあるが、もう我慢できん。俺は喘《あえ》がされるより喘がせたい。お前が啼く顔が見たい」

ジークヴァルトが欲望を滲ませながら獰猛《どうもう》に微笑んだ。我慢など知るかと目が語っている。

「……っ！」

寝台の上に寝かされると、すぐさまのしかかってくる。シャーリーが逃げられないよう腰をまたぎ、ジークヴァルトは荒々しく服を脱いだ。

下穿きが緩められ、猛々《たけだけ》しい熱杭が現れる。

へそにくっつきそうなほど反り返った怒張は、ジークヴァルトの神々しい美貌からは想像できない生々しさだ。血管が浮き出た欲望の先端からは透明な液体が溢れている。

思わず息を呑み、視線がくぎ付けになる。あれが己の胎内を満たすものだと再認識すると、じゅわりと愛液が分泌された。

「物欲しそうな顔をしてるな。ロッティ、これが欲しいか？」

そう問いかけた直後、ジークヴァルトはシャーリーの手を取り、己の欲望に触れさせた。

シャーリーはその熱さにごくりとつばを飲み込んだ。

「どうした、俺を襲おうとしていたなら、これにも自分から触れようと思っていたんじゃないのか。まあ、俺はお前から招き入れ、腰を振れなどとは命じていないがな」

言葉にされると卑猥すぎて耳をふさぎたくなる。

右手にあるものは、硬くて熱くてつるつるしてて、ドクドクと脈を打っている。シャーリーの片手では握りきれない太さだ。その手の上からジークヴァルトが手を重ねているため、放すこともできない。

――なんて大胆なことをしようとしてたのかしら……！

そこまでの覚悟がないのに、相手を襲う真似などするべきではない。己の浅はかな行動を反省しつつも、シャーリーは、ジークヴァルトの手元から目を逸らせないでいた。

「少し握られただけで達してしまいそうだが、それはお前のここでなくては」

大きな手がシャーリーの下腹を撫でる。

円を描くように触れられると、中の臓器がじんわりと熱を帯びた気がした。満開に咲いた花のあざがうっすらと赤く色づいている。

「俺の子供を身籠もるにはまだ早いが……まあそんなに遠くないうちに会わせてもらえるだろう」

重ねられていた手がほどかれた。握りしめていた雄の象徴は、シャーリーの花芽をこする。たっぷりと蜜を零し、溢れさせている箇所を何度もこすられるだけで呼吸が上がってきた。快感が否応なしに高められ、甘やかな痺れに酔いしれそうだ。

「ん、ん……アアっ」

「ああ、随分感じやすくなったな」

性器同士をこすりつけながら、ジークヴァルトの手がシャーリーの胸に伸びる。

柔らかな双丘がふるりと揺れた。淡く色づく先端はしっかりと存在を主張し、つままれるのを待っている。

「この果実をどうしてほしい?」

「ぁ……ん、触って……」

「触るだけでいいのか」

指の腹が胸の頂をくりくりと触る。力を込めずにただ触れるだけなのがもどかしい。

シャーリーは首を左右に振り、お願いを変えた。もっと気持ちいいものが欲しい。理性は薄れ、思考が塗り替えられる。

「ちゃんと、触ってほしいの……もっと強く……舐めて」

「……我がままな花嫁だな。だがお前の望みを叶えられるのは俺だけだから仕方ない」

含み笑いをしながら、キュッ、と両胸の先端をつままれた。その瞬間、子宮が強く収縮し、じゅわりと愛液が太ももに垂れる。

「アアッ……」

　びりりとした刺激が背筋を駆けた。視界がちかちかし焦点が定まらない。

　そんなシャーリーの様子を見下ろしながら、ジークヴァルトは片方の胸の果実を口に含んだ。反対の胸は手で刺激を与えながら、舌先は淫らな実を舐めて転がす。

「ぁあ……、んぅ……っ！」

　強く吸い付かれると、腰がびくんと跳ねた。ぷっくり腫れた頂は唾液にまみれていやらしい。

「うまそうに雄を誘ってくるな。ロッティの身体はどこもかしこもうまい。溢れ出る感情だけじゃない、肌からも蜜が出ているのか？　全部噛みつきたくなる」

「……ヤっ、痛いのは、イヤ……」

「痛くしない。傷もつけない。痕はつけるがな」

　そう言いながら唇を触れ合わせた。柔らかな唇の感触が優しくシャーリーの緊張をほぐす。

　そのまま首筋に唇が滑り落ちて、数か所歯を立てられた。歯型が残るほど強くはないが、大型獣に食べられる小動物の心境を味わい、ぞくぞくとした震えを感じてしまう。

「さあ、お前の愛を存分に喰わせろ」

　獰猛な願いが心地いい。シャーリーが感じきっている感情もすべて喰らいつくそうという表情だ。

「食べて……」

肩にも歯型をつけられる。その刺激がシャーリーを熱くさせ、早く繋がりたい衝動に駆られた。

秘所は愛液が絶えず零れ、何度もこすられるせいで滑りがよくなっている。先端がくぷりと埋まりそうになるが、ジークヴァルトは腰を押し進めようとしない。

「アア……ッ!」

蜜で濡れた花芽に手を伸ばし、彼が直接刺激を与えてきた。体内の熱が弾け、四肢が弛《し》緩《かん》する。

「達したか」

荒く呼吸を繰り返すシャーリーの太ももをジークヴァルトがグイっと持ち上げた。柔らかな皮膚をきつく吸われる。太ももには彼の頬が当たり、赤い花が咲いた箇所を舌先でぞろりと舐められた。

「も、や……、焦らさないで……」

生理的な涙が浮かぶ。触れられる箇所に神経が集中し、さらなる刺激を期待する。心臓の鼓動が速くなり、奥深くまで繋がりたいと求めている。

「ジーク……、ひとつになりたいの……」

「ああ……いいな。その顔が見たかった」

シャーリーの懇願を聞き入れ、ジークヴァルトがようやく、ぬかるんだ泉に楔を突き入れた。涙目で懇願するまで焦らされた怒りより、満たされた安堵感のほうが強い。

「アァァ――……」

久々の行為は少し苦しい。隘路を押し広げながら熱杭を受け入れると、シャーリーの眉根がギュッと寄った。

「ロッティ……、あまり力むな」

「んぅ……、お腹いっぱ……い」

「まだ早い」

膣壁を引き伸ばしながら、ズズ……とさらに奥へ挿入される。内臓が押し上げられる感覚が奇妙でなかなか慣れないが、同時に満たされていく感じがして喜ばしい。

「あ、あぁ……ンアッ」

「っ……、全部入ったぞ」

最奥にコツンと当たる。すべてが収まると、シャーリーは詰めていた息を吐き出した。

「ジーク……」

自然と両腕がジークヴァルトを求め、抱きしめてほしいと訴える。

シャーリーの願いをくみ取り、彼が上体を倒してシャーリーをギュッと抱きしめた。

「重くないか」

「んん、だいじょうぶ……。私の中にジークがいてうれしい……」

唇が重ねられる。シャーリーは恍惚とした笑みを浮かべた。

この温もりを手放したくない。ずっと傍にいてほしい。

傲慢で意地悪で、でも優しい妖精王が愛おしい。求められることの喜びがシャーリーの心を甘くくすぐる。

口づけが解かれ、律動が開始される。ジークヴァルトの余裕のない表情が凄絶に色っぽい。尊大な妖精王が見せてくれる自分だけが知る顔だ。重低音の声で紡がれる「ロッティ」という呼び名が特別な響きを纏う。

「アア、アン……ッ、アアァ、ン……ッ」

ひと際感じる箇所を幾度となく攻められる。口からは甘い嬌声がひっきりなしに零れた。

「ロッティ……」

名前を呼ばれるだけで無意識にキュッとジークヴァルトの屹立を締め付けてしまう。情事の最中に呼ばれると、この名前がもっと特別なものに感じられた。

「……っ、急に締め付けるな。……悪い子だな」

膝をグイッと持ち上げられ、丸く小さな膝頭を食まれた。歯型がつかない程度の甘噛みだが、それすらも今のシャーリーには快楽に変換される。

「ぁあ……っ！」

「お前のこんな痴態は誰にも見せない。一生閉じ込めて、二人だけで過ごせばいい。お前も俺だけがいれば満足だろう？」

ジークヴァルトの声が鼓膜を震わせる。言われた言葉を理解するまで時間がかかったが、二人だけの世界、という言葉に誘惑めいた響きを感じ取った。

――私とジークだけ……。ずっと二人きり……。

ジークヴァルトがいれば満足だ。しかし、それなら他の妖精はどうなるのだろう。イヴリンやエスメラルダとも交流ができなくなるのだろうか。

――箱庭は嫌。鳥かごはもっと嫌よ。

閉じ込められて愛でられることは求めていない。シャーリーはもっと自由な世界が見たいし、その隣にジークヴァルトがいてほしい。

「っ……、二人だけなのは寂しいわ……」

「……そうか、残念だ」

「もっと、自由に……ジークと大切なものを増やしたい」

二人だけで閉じこもるより、ひとつでも多くの好きなものを見つけたい。

ジークヴァルトと繋がったまま身体が起こされる。彼の太ももの上にのり、素肌を抱きしめあった。しっとりと汗ばんだ肌が心地いい。自分だけでなく、彼の心音も速いことが伝わってきた。

頬に指を這わせる。滑らかな肌にそっと触れながら、シャーリーは仄暗い光を放つ妖精色の瞳を見つめた。

「ジークが好きよ。だから一緒に、お互いの好きなものを見つけていきましょう」

寂しいから傍にいてほしいわけではない。相手が好きだから、愛おしいから傍にいたい。誰かに与えられるだけでなく、与える人にもなれたらいい。そんな決意がシャーリーの中で芽生える。

「仕方ない、花嫁の願いを叶えるのが妖精王だ。お前が望むなら、閉じ込めるという案は考え直してやる」

ジークヴァルトに腰を持たれ、律動が再開された。思考が快楽に塗りつぶされる。快楽の波に攫われそうになるのを、目の前の逞しい身体に縋りつきながら必死に堪える。

「あ、アァア……っ、ンァア……」

「……っ」

強く抱きしめられながら、同時に達し、ジークヴァルトの精が胎内に注がれた。身体の奥にじんわりと熱が広がっていく。

互いの身体はしっとりと汗ばんでいた。自然と瞼が落ち、意識が遠のきそうになるが、頭上からそれを阻《はば》む声が落ちてくる。

「まさか一度きりで終わるとは思っていまい」

「ふえ……？」

ジークヴァルトが妖艶に微笑んでいる。慈愛に満ちた笑みとは呼びにくい。

「俺はまだまだ満足していないぞ。このくらいでへこたれるなよ。煽った責任はきちんと取ってもらわねばな」

胎内に埋められた楔が硬度を取り戻した。

責任を取るという言葉を受け止めるなら、ジークヴァルトが満足するまで付き合わなくてはいけない。

「あ、待って、せめて少し休憩を……」

「待てない」

揃いの耳飾りをした耳たぶを舌先で舐められる。

シャーリーはふたたび寝台に押し倒された。

「ジーク……！」

「俺はまだまだ花嫁を愛で足りない。今日は存分に付き合ってもらうぞ」

シャーリーが意識を失うまで、ジークヴァルトは宣言通り花嫁を愛で倒すのだった。

エピローグ

シャルロッテの訃報がオルブライトに届いてからひと月が経過した。

王家に報せが届いたときには葬式も別れもすべてが終わった後だった。突然の報せは国を悲しみに包み込み、王家は表向きしばらく喪に服すことになった。

だがその報せから十日後。城内に緊迫した空気が流れる。その原因はアウディトレアの第二王子、フレデリックの突然の来訪だった。

「僕のシャルロッテはどこにいますか？」

数名の護衛とともに国王の謁見室に通された直後、フレデリックは挨拶も早々に済ませると、すぐに本題を切り出した。

謁見室にいたのは国王と王妃、王太子のクレメントと第二王女のアーシュラのみ。護衛や侍従は部屋の外に待機させられている。

爽やかな好青年と評されるフレデリックだが、この日の表情は険しく、また憔悴しているようでもあった。結婚生活がたった半年ほどで終わりを告げたのだ。愛のない政略結婚ではなかったのだとわかるほど、彼のシャルロッテへの愛は深く、彼の嘆く様子は見る者の胸を痛ませる。

「シャルロッテは死んだ。そう報せたのはアウディトレアだろう。悲しみに暮れる我らになにを問う。こちらこそ訊くが、流行り病で亡くなったなど嘘であろう。大方、そちらの王位争いに巻き込まれたのではないか」

毅然《きぜん》とした態度で負けじと答えたのはオルブライト国王だ。少しでも隙を見せれば、大国のアウディトレアに呑み込まれてしまうだろう。動揺を押し殺し、威厳のある声で対応する。

王妃はさめざめと涙を零し、アーシュラはそんな母親に寄り添うように目を伏せた。

「すべてが終わった後に我らに報せるのがアウディトレアの礼儀ですか。それだけでなく、このような非公式の来訪。随分と非常識ではないですか？　我々は妹を死なせるために君に嫁がせたわけではありません」

クレメントは、シャルロッテと最期の別れもできずひっそりと葬儀が行われたことを詰るが、フレデリックは表情を消したままだ。妻の母国であれ、段取りを踏まずに押し掛けたのは非常識である。フレデリックは淡々と非礼を謝罪し、それでも早急に真偽を確かめずにはいられなかったと語り始める。

「僕はシャルロッテが死んだとは思っていません。彼女は確かに息を引き取り、葬儀だって行いました。けれど、棺に入れられたシャルロッテは死んだとは思えないほど美しいまでした。血の気は失せて体温も感じない身体でしたが、金糸の髪の輝きは保たれていました。まるでただ眠っているだけのように」

「だがあなた方は妹の葬儀を行い、弔《とむら》ったのでしょう。我々になにを聞きたいのですか」

クレメントが取り仕切る。小心者の父王と、シャルロッテが嫁いでから精神を病んでいる王妃には荷が重い。

「彼女の棺の蓋を閉め、土中に埋葬しました。アウディトレアの王家の一員として。もちろん僕もその場にいました。ですが僕には、シャルロッテが死んだとはどうしても思えなかった。奇妙な違和感が拭えず、先日彼女の墓を掘り起こしました」

「なんだと……！　君がしたことは冒瀆《ぼうとく》だ。死者への冒瀆だけでは済まされない。妹の棺はオルブライトの墓に埋葬する。今すぐ正式な書面をしたためるから、アウディトレアに持って帰ってもらおうか――」

「棺に入っていたのは見知らぬ女だった」

その言葉に、室内が凍り付いた。

早く追い出そうとしていたクレメントも、思わず口をつぐむ。

アウディトレアからシャルロッテの訃報が届けられたとき、誰もが内心安堵した。表面上では嘆き悲しんでいたが、これで偽物が嫁いだのだと悟られずに済むと。

だが、もし掘り起こした棺が空ではなかったとすると、シャルロッテの身代わりになった妖精が死に、偽装の術が切れたのか。それとも別の身代わりを用意し、ただの人間の遺体を入れたのか――。

妖精は恐らく己の場所へ還っただけではないだろうか。だが、それを誰が証明できるのだろう。

「……どういうことだ。あなた方はシャルロッテを弔ったわけではないと、そういうことですか」

クレメントが平静を装いながら話を進める。

「結果はそういうことになる。僕は棺の蓋を閉める前に彼女の身体に違和感を抱いた。シャルロッテは僕の子供を身籠もっていた。だが棺の中の彼女の腹部は薄く、触れた感触は彼女のものではなかった」

「――ッ！」

王妃の肩がびくりと震えた。大げさなまでに涙を流す姿は、娘が子供の顔を見ないまま亡くなったのだと知り悲痛を感じている姿にも見える。

「お母様、大丈夫よ。少し休みましょう。……申し訳ないけれど、私とお母様は別室で休ませてもらいます」

アーシュラが機転を利かせて退室しようとする。父王が了承し、クレメントも安堵した。

感情的になり不都合なことを口走られたら困る。

　フレデリックは二人が退室するのを見届けてから話を続けた。

「僕にはなにが起こっているのかわからない。でも妖精信仰のあるあなた方は、なにか知っているのではないか？　この不可思議な現象について」

「残念ながらなにも。とてもでないが、悪趣味すぎて笑えない冗談にしか聞こえない。シャーリーが身籠もっていたことも我々は初耳だ。そうなると君たちアウディトレアは、妹のみならずもうひとり殺したことになる」

「……彼女を守れなかったのは僕の責任だとずっと思っていた。だがもしも死んだのが彼女じゃないのだとしたら話は違う。シャルロッテが城を抜け出した記録もなく目撃者もいない。突如城から消えた使用人もいない。協力者がいない中、若い女性が誰にも気づかれずに逃亡を図ることなど不可能だろう。あなた方の協力がない限り」

「君がなにを疑っているのかわからないけど、我々が妹を匿っているとでも？　そんなことをしてなんの意味がある。この城のどこを捜してもシャーリーはいない。なんなら気が済むまで王城を捜索するか？」

　クレメントの声に苛立ちが混じり、両者が睨み合う。父王が一言「落ち着きなさい」と仲裁した。

「……この婚姻はオルブライトとアウディトレアの絆を深める重要なものだった。友好国としての条約を結ぶためにシャルロッテが差し出されたはずだ。だがもしもこの婚姻があなたたちに欺《あざむ》かれたものだった場合、友好国の条約は破棄される」

周辺国を呑み込み国土を広げていたアウディトレアと小国のオルブライトには国力の差がある。豊かだった鉱山は使えなくなり、自然災害も起こるようになった。大国の援助がなければ、小国のオルブライトなどいつ呑まれてもおかしくない。

「そなたに嫁がせたのがシャルロッテではないと、妖精だったとでも言うつもりか」

「可能性の話をしているまでです。なにせあなたたちは、妖精の加護に守られた国ですから。到底僕には考えられないことも起こり得るだろうと思ったのですよ」

父王は眉間に深い皺を刻み黙り込む。クレメントの背筋にひやりとした汗が流れた。

「……シャルロッテが本物かどうかは、正直どうでもいい。僕がずっと一緒に過ごしていたシャルロッテが僕にとっては本物だ。その彼女が生きている可能性があるなら、僕はどんな手段を使ってでも連れ戻したい。一緒になれる方法を探し、今度は二度と放したくない。これは僕個人の願いであり、父や国は関係ありません。僕の妻を一緒に捜してくれますよね」

協力という名の脅迫を受け、クレメントは苦々しい気持ちになる。

少し考える時間をくれと言い、フレデリックを客間に押し込めた後、重いため息を吐いたのだった。

❀　❀　❀

月が綺麗に輝く夜、各地で妖精が宴を催す。

この日に力を蓄える妖精は多く、ジークヴァルトが耳を澄ませると彼らの楽し気な声が聞こえてきた。

しかしよく耳を澄ませると、妖精とは違う声も混じっている。遠くから妖精王の名を呼び、助けを求める耳障りな悲痛な声。

――ロッティの妹か？

小生意気な娘だが、あの不敬な態度も、未熟な年齢なら寛容な心で赦《ゆる》すべきか。

「……いや、いくら子供でも、お願いをすればなんでも叶えてもらえるわけではないと、そろそろ気づくべきだな」

膝の上で眠るシャルロッテの髪をゆっくりと梳きながら、ジークヴァルトは呟きを落とす。

「ん……」

シャルロッテの形のいい口から洩れる吐息は甘やかだ。己の腹部にすり寄ってくる彼女がとても愛おしく、甘やかしたくなる。ふっくらとした唇を食み、存分に堪能したい。いつか己の欲望をこの口で咥えてくれたら、たまらない恍惚感に浸れそうだ。

「お前は俺のことだけを考えていればいい。お前の心から完全にオルブライトを消してやりたくなる」

——いっそ記憶を操作してしまおうか。

だがそれをしたらシャルロッテの心に影響が出てしまう。どこかで違和感に気づいたとき、取り返しのつかない事態に陥《おちい》るかもしれない。もしも不信感を抱かれたら、彼女から向けられる愛情は陰り、二度と幸福な時間は訪れない。

風の妖精がアーシュラの声を妖精王のもとまで運んでくる。早く対応しろと急かされているようだ。

苛立ちを覚えつつ、ジークヴァルトは涙声で叫ぶアーシュラの声に耳を傾けた。

『……お願いします、フレデリック様に嫁いだ妖精を彼のもとに返してあげて……！　あの方は亡くなったお姉様の墓を掘り起こして、別人が埋葬されていたと報告したわ。しかもそちらに戻った妖精は、フレデリック様の子供を妊娠しているって。……本物のお姉様じゃなくても構わない、一緒に過ごした自分の妻を返せって……お願いします、妖精王。フレデリック様の妻として過ごされた妖精を、彼のもとに返してあげて。でないと国が滅ぼされちゃう……！』

——やはり妊娠していたのか。

「シャルロッテは死んだ。返すことはできない。まあしかし、エスメラルダが望むならあの姿のまま第二王子のもとに嫁がせるか……」

エスメラルダがアウディトレアの王家に入り、同胞の血が混ざった人間を産み落とせば、時間はかかるが百年も経てば妖精が住みやすい国になるだろう。オルブライトの代わりに妖精の加護を与えれば、多少は操りやすくなる。

音を遮断し、すべての雑音を遠ざける。

アーシュラの嘆きを聞かされても、妖精王が助けに行く義理はない。オルブライトが滅ぼされるならそれまでだ。忌み嫌っている相手に助けを求めるとはなんと愚かしい。

「だがお前なら、裏切られた家族でも縋られれば同情してしまうのだろうな」

心優しいシャルロッテなら、情に訴えられたら無下にはできない。

とことん目障りな奴らだ。シャルロッテの心を乱す人間は排除したい。

シャルロッテはアウディトレアで「シャルロッテ」が死んだことを聞いても、エスメラルダが本来の自分を取り戻せると喜んでいた。自分が死んだことがどういうことなのか、深い考えに至っていない。

死者が蘇ることは決してない。自然の理《ことわり》を歪めることは妖精王でもできない。

シャルロッテを知っている人間が生きている間は、シャルロッテが両国を訪れることは二度とないだろう。ジークヴァルトはシャルロッテから故郷を完全に奪ったのだ。

夏至祭の日。人間の世界に未練を残させないために、ジークヴァルトがシャルロッテを森の中で迷わせ、オルブライトに誘い込んだ。夏至のため、人間と妖精の世界の境が薄くなってはいたが、オルブライトに滞在していた彼がシャルロッテを招いたのだ。

彼女に家族の醜さを突きつけて、絶望させてしまおうと思った。家族への希望などすべて捨てさせて、欠片ほどの情も残させないようにした。

ジークヴァルトが思った通り、オルブライトの王も妹姫も醜い本性を露わにした。あの出来事がなければ、シャルロッテは妖精の世界で生きていく覚悟ができなかっただろうし、頼れるのが妖精王だけなのだと強く実感することもなかっただろう。

シャルロッテの憂いはすべて取り除きたい。つまらぬことに胸を痛ませて心を曇らせたくはない。

「この先もお前を不幸にするものは俺がすべて排除してやる」

あの耳飾りをつけていれば、離れていてもジークヴァルトにはシャルロッテの感情が伝わってくる。彼女の感情を喰らわなくても、心の動きに気づけるのだ。

もし彼女の心が陰ることがあれば、その原因となったものをすぐにつきとめ、二度とシャルロッテの目に触れさせない。

——俺は嘘つきだと言っただろう。

ジークヴァルトはこの先も、心優しい少女がずっと純粋無垢でいられるよう、時に真実を隠すことも厭《いと》わない。

たとえ嘘をつき、欺き続けることになったとしても、シャルロッテの愛の味を知った妖精王はその愛を守り続ける。

花嫁が涙をこぼさぬように。

変わらぬ愛を喰らえるように。

怒りも哀しみも苦しみもすべて忘れて、この妖精の世界で幸せに暮らせばいい。

病に倒れることも、老いることもなく、そのうち人間のときに感じていた食欲も消えるだろう。

あざの花が咲いたとき、シャルロッテの身体はもう人間ではない。

人間に戻ることもできない。

この穏やかな時間が流れる世界で、共に愛を育めばいい。

「幸せだろう？　ロッティ」

あとがき

こんにちは、月城《つきしろ》うさぎです。

『妖精王は愛を喰らう』をお読みいただきありがとうございました。前作の現代物とは違い、今作はファンタジー色強めの作品になりました。

今作のテーマは、チェンジリング（取り替え子）です。一度書いてみたいと思っていたテーマに挑戦できて楽しかったです。

チェンジリングの伝承は欧州の地域によって様々ですが、アイルランドの伝承が一番イメージに近かったです。もちろん、あくまでイメージなので私なりにアレンジしてます。

しかしどの国の伝承もなかなかダークで、妖精は綺麗でかわいい印象よりどこか恐ろしさが混じっているように感じられました。

いろいろ調べていくうちに、イギリスでは妖精の花として有名なブルーベルという花があると知り、一面に咲く光景がとても幻想的なので今回作中の国花に選びました。

ブルーベルが咲く森は青い絨毯と呼ばれるそうでして、妖精が現れるのに納得な美しさです。花言葉が『不変』であることも気に入ってます。妖精王との約束に通じるなと。

興味がありましたらぜひ調べてみてください。青い絨毯、綺麗ですよ！

ヒロインのシャルロッテは、人によって呼び方を変えたかったので、名前を三つ作りました。隣国ではシャルロッテ、親しい家族からはシャーリー、そして妖精王からはロッティ。ちょっと幼い呼び方になる「ロッティ」が個人的にかわいくて好きです。名前に統一性をもたすなら、第二王女のアーシュラもアルシュラであるべきかと思ったのですが、少々読みにくいのでアーシュラのままにしました。

彼女は当初、思春期真っ只中のお嬢さんをイメージしていたのですが、修正していくうちに性格も少し変わりました。でも激しい感じはそのままです。ちなみに、王太子のクレメントは出番を削ったので、妹に比べて印象がぼんやりしてます……妹に振り回されるお兄ちゃんです。

一番とばっちりを受けてかわいそうだったのはフレデリック王子かもしれません。余計な試練を与えた気がします。お墓を掘り起こす王子……罰当たりですね。

今作もプロットと実際の着地点がズレました。思っていた以上に妖精王との溺愛新婚生活になりました。村も国も焼いてないですし、健全な話になったのではないかと。

妖精王とシャーリーは、種族が違うので価値観にズレが生じるのは当然でしょうし、異種族の交流がファンタジーのだいご味かもしれません。終盤につれて妖精王が自分の価値観を押し付けるだけではなく、シャーリーを慮るようになっていたらいいなと思います。

ですがやはり種族が違うので、今後もズレは生じるでしょう。

幸せとは誰かが決めるものではなく自分で決めるものだと思うので、最後の問いかけは読者の皆さんに委ねたいなと。

すべての苦痛を取り除き、憂いも怒りも哀しみもない世界でずっと笑顔でいられるのは、はたして幸せなのだろうか……。

妖精王のエゴイズムではないのか？　と思います。


イラストを担当してくださったアオイ冬子《ふゆこ》様、ジークとシャーリーを素敵に描いてくださりありがとうございました。カバーイラストの色使いも、美麗な二人も、とても妖精っぽくてイメージぴったりです。眺めているだけでマイナスイオンを感じられそうです！

担当編集者のＹ様、今回も大変お世話になりました。いつもありがとうございます。恋愛のプロセスについて改めて考えさせられました。

また、この本に携わってくださった校正様、デザイナー様、書店様、営業様、そして読者の皆様、ありがとうございました。

楽しんでいただけましたらうれしいです。

月城うさぎ

Sonya
ソーニャ文庫

この本を読んでのご意見・ご感想をお待ちしております。

◆ あて先 ◆

〒101-0051

東京都千代田区神田神保町2-4-7 久月神田ビル

㈱イースト・プレス　ソーニャ文庫編集部

月城うさぎ先生／アオイ冬子先生

妖精王《ようせいおう》は愛《あい》を喰《く》らう

2020年7月9日　第1刷発行

著　者　月城《つきしろ》うさぎ

イラスト　アオイ冬子《ふゆこ》

装　丁　imagejack.inc

DTP　松井和彌

編集・発行人　安本千恵子

発行所　株式会社イースト・プレス
〒101－0051
東京都千代田区神田神保町2－4－7 久月神田ビル
TEL 03－5213－4700　　FAX 03－5213－4701

印刷所　中央精版印刷株式会社

ISBN 978-4-7816-9676-8

定価はカバーに表示してあります。